提灯者

黄保强 著

长江出版传媒 长江文艺出版社

引譬连类之法，沉郁顿挫之风

——黄保强诗集《提灯者》序

高晓晖

　　有幸为黄保强的诗集写序，得感谢刘丽君大姐。几年前，刘姐主办湖北汽车界的文学骨干培训班，我和保强受邀参加，因此有了初见之缘。老实说，在湖北汽车界，优秀的诗歌写作者为数不少，但保强应该是诗歌辨识度较高的一位。尤其难得的是，他还是一位年轻的"80后"诗作者，一位创作勤奋的诗作者，一位立志专攻写诗的诗作者，当然他也已经是一位有自己独到的、成熟的诗歌理念的诗作者。我不否认，与保强初识，会眼睛一亮，有一种情不自禁的欣喜。不久前，刘姐把保强的新诗集《提灯者》推到了我的案头，嘱我为之作序。刘姐对汽车界的文学爱好者（当然不只是对保强一人），真的是呵护备至，尽其所能给予扶持、推介。正是感动于刘姐的热心肠，她嘱咐的事，我还真不敢马虎。

　　2018年10月，保强诗集《夕阳下这土地》出版，赢得广泛好评。而此前，他所著诗集已有《黑灯长卷》《金色麦城》《灰煤告白》《叮咚叮咚》等多部，并著有三幕诗剧《梦蚀》。《提灯者》应该是他最新的一部诗集。本来，这部诗集，篇幅会更大，包容会更多，有抒情诗、叙事诗，有短诗、组诗，还有诗剧。这样，诗集就显得有些庞杂，我建议保强自己做一次精选，突出自己的创作特色。于是，《提灯者》篇幅变小了，当然也就相对精粹了。

这一变，遗憾也跟来了。迄今为止，保强写诗已有十数年，粗略统计，保强的诗作，应该不下千首；诗之所涉，如王辉斌先生在《夕阳下这土地》序中所指出的那样，有乡恋诗、爱情诗、咏史诗等。当然不止于此，比如他写汽车题材的诗，还有一些游历诗、唱和诗，等等。仅就汽车题材，保强的诗作也当有百余首吧。保强的诗友黄承林评价《夕阳下这土地》，说他"嗅到诗人作品里浓郁的乡土味道、亲情味道、历史味道、人文味道"，但就是少了"汽车的味道、汽柴油的味道、流水线的味道、东风的味道，以及在中国改革开放大潮中，国有企业诗人所应该品尝和调配的味道"。承林的评价自然是中肯的。如今《提灯者》面世，"汽车的味道"还是嗅不到的。这倒不是保强不写"汽车的味道"，而是为了《提灯者》的"味道"更纯粹些，诸如"汽车的味道"之类诗作，被保强暂且搁置了，或者，下一部诗集中"汽车的味道"就变成"硬菜"了。

保强说他把一部诗集定名为《灰煤告白》，是"因为我觉得，我就是那块煤，我还需要诗歌这盏灯，为我点燃，为我引路"。这次他把诗集定名为《提灯者》，自有他的讲究，他是否还是在坚持以诗"点燃"、以诗"引路"的初心，我不得而知。"提灯者"几乎是十九世纪英国伟大护士长弗洛伦斯·南丁格尔的专属称号，她是无可替代的"提灯天使"。保强是有意弘扬护士精神么？1918年11月，第一次世界大战结束，时任北京大学校长的蔡元培先生首倡举办"提灯会"，寄希望于北京大学学子，立志驱逐黑暗，追求光明。保强是有意从蔡元培先生那里获取精神营养么？诗集中，有两首诗提及"提灯者"，一首是《弥生》："八千里河山/倒春寒如同一种冒犯/提灯者结束结绳记事，向东相遇更早的阳光"。《弥生》中的"提灯者"，与拓疆者更接近。另一首是《灯火》：

"今天，我们在最近的酒肆/听抚琴或钟声，曾经的飞花字句架成琉璃/落雪的黄鹤，等到白头/1700多年，提灯者互道兄弟/隐去名姓/至今仍在绣像中掐着归期/任浪花，任浪花冲刷脚踝"。《灯火》中的"提灯者"，又好像是登楼诗人的影子。两处"提灯者"，字面一致，所指之意却相去甚远。但内在的关联，也并非毫无关涉，"提灯者"自带光芒。

保强的诗作，数量最多也最动人的部分，还是他对故乡的回望。故乡的一景一物、一人一事，在保强笔下，总是令人回味悠长。邓炎清先生在《诗人的天职是返乡》中评价说，保强的诗有情感之深厚、语言之敦厚、风格之浑厚，当是行家之言。关于故乡，保强有更多的悲悯、更多的眷念。保强说，"人在异乡，格外怀念故乡""通过我的诗歌，我依旧可以回溯到腾格里沙漠，回忆起我已逝去的祖父和他生前放牧的那100多只羊，想象苍鹰捕捉小羊时俯冲下来的情景，回望过午时舞龙舞狮、划旱船等民俗表演"。（《诗歌，点亮我眼前黑暗的一盏灯》）不难看出，保强对故乡的回望，实际上是对关于故乡的点点滴滴的记忆的找寻，或者说是对故乡所有情感的反刍。组诗《味道系列》《如泥土的爱》，是集中书写故乡的两组诗，关于土地、关于童年、关于祖父祖母、关于父亲母亲……故乡的风沙、麦垛、圆场、羊和祖母的故事装点了童年的温馨记忆，当然还有贫瘠和苦难。总之保强的诗是游子对故乡的衷肠。这是因为：

沙漠边缘的小村庄

是一条鳄鱼

贪婪地顺着阳光、河道

漂浮了几代人

祖父在这里安家

父亲在这里老去

时光的流逝，是保强心灵深处最深切的一种痛：

下雨的异乡会飘洒童年的味道

……

当提起故乡，我们仿佛水手

这一年年受风受潮的伤疤

又开始隐隐作痛

（《致故乡》）

所以，他在心里希冀着：

让祖母的剪刀、时光和梦

慢一点。

（《味道系列·衰老的祖母》）

写记忆中的故乡，刻进记忆深处的，当然是亲人，比如祖父。保强在诗作中，一而再、再而三地书写祖父，当然可以理解为保强与祖父有更深的感情。或许，在保强的诗中，祖父不仅只是书写对象，更多的时候，祖父会成为一种意象——祖父与故乡，很容易互为表征，互为标记。对于祖父而言，腾格里沙漠、风、雪、羊等等，这是祖父的人生舞台布景，而羊皮袄子、背上的毡包，当然还有他的羊群，几乎是祖父出场的标配。对于故乡而言，祖父的形象，自然也应该视为故乡最醒目的符号。《一只鸟在雪地散步》是最真切的故乡风情纪实，而画面的主角，就是祖父：

> 红爪，白地
>
> 只有鸟，丈量得准
>
> 从家到墓地的距离
>
> 起初是一对，再到形只影单
>
> 雪雾广袤
>
> 我的祖父偶尔拢着羊皮袄子打火点烟
>
> 偶尔被呛咳嗽
>
> 像唯一一个蠕动着的黑点
>
> 一阵风来
>
> 谁都看不清
>
> 是那只鸟还是他的帽子
>
> 在飞

　　诗歌勾勒的画面，镜头感很强，有远景：那是广袤的雪原；有近景特写：鸟的红爪、拢着羊皮袄子打火点烟的祖父以及祖父的咳嗽；有长镜头：祖父被拉远为雪原上一个黑点，他的帽子飞动如鸟……

　　还有《羊皮袄子》《背包》等，关于祖父的记忆，情感浓厚，好像蘸在笔尖上的浓墨，滞重、深沉，化也化不开。

　　除了亲人，保强当然还有关于乡亲的记忆，像《归来你还是少年》中的麦客，他们拼命地收割，不会顾及手上的伤疤，"一海碗臊子面后/他们扯着嗓子吼一曲苏武牧羊"。再比如《手艺》中的木匠，这位"断了两根手指的木匠在昏黄的灯下/除了画线，还要唱一段秦腔""他知道和一段木头相互战栗的所有真实"。带着伤疤的麦客要吼《苏武牧羊》，而断指的木匠也要唱一段秦腔。保强记忆中的乡亲，就是这样一种生存状态：有伤，有战栗，也有吼和唱。

关于家乡风物的记忆，也是保强诗歌重要的书写对象。保强的咏物诗，一种是以物拟人，是物的人格化；一种是以物写人，物成为人的参照。保强"以物拟人"的诗作相对较多，比如《树荫》："每一片叶子独立经受太阳的箭阵及风的鼓动/受害又无辜，左右摇摆如同禅修/一棵老树足够撑开岁月和委屈"。一棵树，因为老，难免会"经受"，也因为老，才有了足够的"撑开"，岁月与委屈，好像是一种"禅修"。《泥土》其实写的是蚯蚓："它活在泥土里/它吃泥土/它吐泥土/不停下来不问前程""它就在这样的尘世/走过名人墓，也走过草民坟/"。诗写的是蚯蚓，而意之所指却在"尘世"，保强从蚯蚓柔弱的路径中发现了尘世的法则：名人墓、草民坟。墓与坟，看上去有天壤之别，而本质上却高度统一，统一于泥土而已。"以物写人"的诗作，我以为是保强诗的一个亮点。《羊皮袄子》的书写对象，并非羊皮袄子，它实际是写给祖父的哀歌。《麦子》也并非关于麦子的抒情，而是写给父亲的赞词：

> 在春寒中复苏的村庄
> 父亲喂养的色彩初来乍到
> 根芽，在触摸温度中，有的枯萎
> 有的倔强，抽穗，染上阳光
> 染上俗世发作的鬓白

《石头》虽然被保强赋予了书写对象的意义，但是，保强要表达的，是他发现了一块石头那如观音一般的慈悲，这"足以让我病重的小姨渡过难关"。石头无情人有情。诗人把希望寄予一颗石头，这里有多少的无奈、多少的绝望。小姨重病的难关，其实已经成为压在亲人心头的大山！

《提灯者》凡百余首，内容所涉，当然不限于写故乡，也有关于人在异乡的见闻与思考，如《利川红》《曾侯乙》《后官湖的候鸟》《四月，游子的虔诚——致周中》《梦回鼓浪屿》等。这些诗作，当然也彰显着保强创作的才情，但相较于写故乡的诗作，或多或少还是存在离地三尺的轻飘。唯有写到故乡，保强的诗情更有对土地的依附，情感的根系深深扎进故乡的土里，厚重而深沉。

我是很强烈地感觉到保强诗的辨识度的。或者说，保强的诗有他独具一格的质感。这种质感，当然有他地域书写的独特性，比如腾格里沙漠，以及大西北的苍茫朴拙，这里蕴藏着丰富的美感。而保强诗作之所以使他地域书写的美感得以凸显，我以为主要得益于他的引譬连类之法和沉郁顿挫之风。"引譬连类"，实为传统的比兴之法。唐人孔颖达《毛诗正义》说："兴者，起也，取譬引类，起发己心。诗文诸举草木鸟兽以见己意志，皆兴辞也。"唐代皎然《诗式》说："取象曰比，取义曰兴，义即象下之意。凡禽鱼、草木、人物、名数，万象之中，义类同者，皆入比兴。"诗性思维的特点，正在于万物有灵，天人合一，自然物象，即可随意为诗人驱遣，所谓"精思一搜，万象不能藏其巧"。保强为诗，联类之力尤盛。在历史与现实之间，在足够宽阔的时空背景下，他的联想力是如此地收放自如，与李商隐"獭祭"之法很有些类似。其诗《将要去远方》，可以理解为一次旅途的玄思，但这首诗的意象，并没有明确的时空结构，隐隐约约，列车在呼啸，而诗人的思绪则飞逝得更为邈远。《山阴》感悟的是山的姿态，作为实体的山，在意象的纷乱中虚化；而作为理念的阴与阳，反而更明晰更动人：

> 以石碑为界，向阳的地方安葬灵魂
>
> 他们孤独而怕冷
>
> 背阴的地方种上柿子
>
> 终究会发亮，也会温暖一座经历风雨的山头

《又将春天》把春天的萌动写得如此细微而又大气磅礴，还是得益于引譬连类，意象生发，虚与实交相辉映，不同的声部构成缤纷而又和谐的混响。

保强作诗，思维发散，联想奇崛，以致他的诗作总是有一个辽远恢弘的时空结构，由此，也成就了他沉郁顿挫的美学风格。"沉郁顿挫"本是对杜甫诗风的赞词，用来形容对保强诗风的阅读感觉，可能有偏爱之嫌。但保强诗作中流露出的悲悯与雄健、凝重与苍凉，借用"沉郁顿挫"一词，还算贴切。《时间里的光谱》里，列举出种种的"故乡之重"，字里行间，充溢着啜泣般的沉痛。《泡菜渐渐老去》中那种细腻的腌制之痛，真真切切成了人生酸涩的某种隐喻。还有《石刻》，一方石刻，虽见字如面，但"历史是一个假面/我们微笑它冷峻"的现象未必不是常见。"历史""时间"是保强诗中的高频语词，不难看出，保强总是习惯于"用典""证史"，以此将现实的感悟与历史的机缘做有机的贯通，或许，"沉郁顿挫"之风也就是在时光隧道的贯通之中积集而生成的。

不用讳言，解读保强的诗是有难度的。就我个人而言，对于

保强的诗歌文本，大约是好像读懂、没有读懂、根本读不懂三类情形。关于诗歌，懂与不懂，从来就是聚讼纷纭的，无论白居易的浅白晓畅、李商隐的晦涩朦胧，并没有妨碍他们成为一代大家。从根本上说，没有一个人能够洞穿他者的灵魂，"诗无达诂"本来就是常态，一千个读者眼中会有一千个哈姆雷特。保强诗作，取象纷繁而意蕴宏阔，阅读的难度可想而知。看这首《大雪压境》：

无关冷空气

我的第一场雪来自史书

马蹄轻轻，一条河川鳞次栉比

不要惊动即将见到的炊烟

我有十万雄兵枕戈待旦

严寒中点起篝火温起酒

北方，战前需要煽动，需要热血沸腾

用兵如神

从天而降，三千里江山

——装点

北方，每个人都需要练习拥抱长剑、竹简

和一片片厚积却始终温柔的雪

这压境之雪，雪为何物，境在何处？不得而知。如是自然之雪，不可能与冷空气无关；如是史载之雪，却未见这场雪所生之域、所止之时。"十万雄兵"缘何而起，神兵天降，意在何为？保强以一连串的谜团，推进诗作，引发阅读障碍自是必然。但诗句营造的美感却是可以感知的。诗人希尼说："诗歌可以创造一个秩序，其忠实于外部现实的冲击、敏感于诗人生命的内部规律，一种我们终于可以朝着我们在成长过程中储备的东西长大成熟的秩序，一种满足一切智力中的饥渴和情感中的求索的秩序。"我以为保强的诗歌，是建立起了自己的内在"秩序"的，他在"智力饥渴"和"情感求索"方面能够获得"自我满足"。只是作为阅读者，要顺利进入他的"秩序"中，并非一件容易的事情。不过，即便如此，那又何妨？大学问家梁启超先生不也坦言，"理会不着"李商隐《锦瑟》等诗作讲的什么事，但他感觉到了诗的美，"读起来令我精神上得一种新鲜的愉快"。

喜欢保强的诗，大约是与我体会到他诗中葆有的那种"新鲜的愉快"有关。

是为序。

目　录

附录 诗歌评论

上　编

时间里的光谱

母亲（间或为嫘祖书）

粗粝的手触及烟火人间
从蚁蚕开始，喂养渐入佳境
它褪去黑暗的外衣，不舍昼夜地贪婪
这一张竹箩，交叠整个河山
千丝万缕，母性的慈悲皈依
今夜月光如镜，反转曲解的真实
你所有孩子
都吐纳无微不至的养育，临行前密密地缝
一匝匝地紧锁
直到有一天，破茧成蝶——
吃一世的苦和冤屈，还我们一个清白
那些残破的桑叶，如同漏沙的手掌
它们统统不动声色，把漫漫黑夜
粗茶淡饭、素色裙子以及望归的路磨得温柔
且唠唠叨叨

在闻彰书屋

那些酒，在香飘四溢之前
是优选的粮食
它们隐忍，默默无闻
还要追溯，它们在田间
你追我赶地生长，直到饱满的那一刻
入窖，发酵
现在，黑陶酒坛大度能容，摆在显赫的位置
如同一个大彻大悟的佛陀
由人供奉，每个人带着不同的目的
索取，带着相同的满足离开
此前，佛说，攀比，贪婪，风餐露宿
被迫或者自愿
在一棵菩提树下
先想到自己的苦，再想到天下的苦
一直追问，一直追问
明月高出一座山
酒斛上滴落的一滴酒会燃烧一片海
普度，再无彼此

答　案

祖母是这土地庙的常客
年轻时她捐清油润灯，现在她上布施
从儿女到孙辈，她有无数祈祷
——远行
翻过一道梁，先把黄钱压在正院砖塔下
再献上供品
她说，尽心侍候菩萨有好处
它不抱怨，喜欢听唠叨
没有人说话时
对着菩萨说，也是一样的

屋檐上的猫

已到达巅峰，像燃烧的黑火焰
把弓着身子上来的力气全用完
如果再安静一些
分不清和骑凤仙人
谁在风中更加隐忍
在一双衰老的脚踝旁，撒娇式地蹭
陪伴那么孤独，有时
高处不胜寒，有时
被误解，九条命
其中，顺着眉眼落下的雨
摔开，又合在一起

乌金的玉米

我的父母只知道种植
我的兄弟只顾着冲杀
坐拥这苦寒之地
不讲收获，头朝外脚朝里
像挤在土炕上
像刚围起的城郭
战事吃紧，只能紧紧偎依
听秦腔或二胡
那些悬在屋檐下的
要么是王侯，要么是囚犯
他们驱赶黑暗
还带着黑色的战栗
一把锉刀中珠玉跌落
活着的，正赢取下一个春天

美人蕉

一个人的荒蛮之地

时间不容易打发，最早出太阳

一壶功夫茶后，还在晌午

一个步入老城的人，不再悲秋

不再和佛印打趣

从家具的命名开始

最得意之作就是水果了，啖着妃子笑荔枝

在一把成熟的香蕉上做文章

唤作美人，她面容清瘦，掩袖轻咳

你怀念那场围炉的雪

在孤独的诗人小路上走，到悬崖边观明月

看潮汐

写一篇忆母的长信

风大，就镇着香蕉

撑着的委屈那么大

布满整个纸上的褶皱

静月莲影

我们穷尽一生绘圆

故乡到他乡，或者四季往复

我们，不再计较

青石板桥下，清风浮动荷叶

叶茎穿起的露珠，如五个渔者拉扯的纽扣

月影横斜，你走过最小的节气

又开始折返

沉入塘中的部分，正在淤泥中挣扎

还有惊雷的痕迹

河水的书脊

雨天，翻动书页更容易获得怜悯

沿着黄河，吃小米的那一代人掌握了铁器

陶瓷的秘密

往西，直到恒河

这个下午，我心疼孔子、亚里士多德、苏格拉底

让山下的人，不登高就看到朝阳

多么难

让蒙昧接受山川万里一路追索的脚步

多么难

他们虚构的文字和口信

风过处，我们仍能触摸那宽厚的背

灯光就这样穿过

拉长影子

是的，记忆飘摇、模糊

油灯下，父亲就这样教我学成语

光的兄弟

手电筒，打在黑暗的墙上
如同一把凿子面对群山
一晚上，我和儿子乐此不疲
他追逐光束，我逃离他的捕捉
我们就这样忽略他说的树、落日、码头和野兽
偶尔，他抓到光柱
假装拿起来，凑到我眼前
气喘吁吁
多像突然遇见的赶夜路的兄弟俩
先相视而笑，再抱头痛哭

泥 土

它活在泥土里
它吃泥土
它吐泥土
不停下来不问前程

总有一天，根在蓬松中着床
色彩在羞赧中，暴露晚春
那些交叉的，数尽纠缠曲折

它就在这样的尘世
走过名人墓，也走过草民坟
一生
再没有比一条蚯蚓的躯干更柔弱的路了

落　座

重复，继续重复，知了或两点一线
从看完朵帕娣用血洗头发的情节
苏醒，一团又一团纸
入篓，它们委屈到在低处，进入黑暗
对一根平凡草的面目全非，请温柔一点
你的笔正经历种植和死亡
有时，在功败垂成前发现，落魄的骨气
项羽自刎，几行字像霜叶戚戚
唯独触碰皮影，一遍遍复活
多年唯独母亲说命
到咳嗽不止，仍在说
她有时也说
千金难买心头好
岁月就这样爬满她的额头
又开始爬我的额头

黄 河

正午，那些划羊皮筏子的人
仍搅动脚下之水
他们嘴里的"尕妹妹"在冗长的歌词中开始含糊
他们应该在赎罪
草方格沙障也不能抵挡
五十多岁，黄河浪中起伏
他们曾手刃乳羊，剥皮制衣
从河东到河西
如同黑色的钟槌
在腾格里脖子上敲敲打打
豁口上掉落下来
天地之间，这最小的沙才是归宿

荒芜

日复一日地翻看发黄的字典
用单音节字组词,尝试着造句
紧攥拳头,像刚从私塾先生戒尺下逃脱
荒漠,这些迟到的赞美和黑柴燃成的炊烟
勾勒出你匆匆的一生
经过门神,窄窄的院子
旧屋檐,长明香,几句啰嗦的祷告
才能靠近遗物羊皮袄子的膻味
西北夜静,穿过厚墙壁
祖母的梦话老态尽显
作为对整个村庄的回应
一两声狗吠
被月色筛得七零八落
偶尔,车灯由近及远
让未来得及分割完的料峭春寒
重新抱成一团

我是逃跑的那个

一生，势必经过无数提心吊胆

雷雨，干旱，叶锈病，或者一双好奇的手

于老去前割刈，我会用苍白的血抗争

冰冷的铲子，陈旧的手套，世代的贫病

更多的，我选择缴械投降

因为《本草纲目》，因为民间传言

我愿意成为一味苦口良药

把文火当成朝阳

活在人间，需要糊涂，有时是风

我随时背伞备降

只要眼前的河山足够美，足够与过往

一刀两断

利川红

喀斯特地貌，潜流涌动
承风雨不弃，把这戴锅盔的追根溯源
刻上朽木
历史如此饶舌，我的姐姐就在泥泞中抢摘
一片叶子，从楚辞诉说到巫术
楚地，那些飘散的人和事，一下子
落进这口小底大的背篓
揉搓，分拣
战时的男人不在，纤纤手指下劳作突然停了
马蹄由远而近，你的牵挂发出声响
依着竹门
木柴忘情地烧，只剩下灰烬和余温
焙干的茶，丝丝入扣，这狭小的屋笼
飘香，如同情不自禁的哭泣
草船借箭在东，我的春雨如雾
我不再问天，不再为丝竹乱耳而累及家人
来吧，把这幅图册送出，从东向西
上坡路，水草丰美，馆驿哑上一口
也会吟诵——
来生做我最小的女儿，她爱洗漱
像一遍遍把沾在身上的泥土和血分离

麦 子

从落单到泥土开始逃离
比我的周身更加肮脏的灰尘正逐步摆脱
年轻的书生，判定黑暗或诵经
此起彼伏，偶尔的针锋相对
毫不掩饰，北方大地一棵植株矗立一座
在春寒中复苏的村庄
父亲喂养的色彩初来乍到
根芽，在触摸温度中，有的枯萎
有的倔强，抽穗，染上阳光
染上俗世发作的鬓白
一辈一辈种植，如同在故土上喝粗劣的酒
忘情地打鼾，睡梦中放逐的双脚
遂走过黄河，往南穿过长江
抵达天涯海角
总有一些味道经久难忘，父亲的血汗
给一粒麦种重新活一回的宽阔
它善念仅存，一走就是五千年

弥　生

八千里河山

倒春寒如同一种冒犯

提灯者结束结绳记事，向东相遇更早的阳光

秦时土地，需要烈酒，铁器的冷中渗着凌厉

把口哨当作一触即发的命令

如若稻米不再流脂就依靠军功

版图，从三月到来年

血和汗，和种子，有的踉踉跄跄回到故乡

让匠人给那些无名小卒打一座群像吧

微微隆起酒腹，颧骨凸起

月下的杀伐和吼声大抵妩媚

春天，有多少遗失的耳朵

就有多少瓣散落的桃花

爱上沧桑

正对着的是美术学院的一个窗格

画板沙沙，河湾挽留常客

色彩一定要呈淡淡的暖黄

破旧的长椅上，不掸灰尘，不露形色

草和湿气已经爬上腐蚀的铁腿

好在阳春与世无争

夕阳西下，神像从夹着烟卷的老者身上拓出来

带着酒意，身影总不相称

老上海的机械表仍卖力地走

我们穷尽一生都在施加阻力，所以安静中尚有滴答

还要添加，那就留给近旁的枫树

春天，总有叶子在拥挤中等不到秋天

先落下来

华灯初上

像取暖挨近，一点点把火种消弭在夜海中
风卷着黄叶
夕阳，炊烟，千家万户的灯火如同约定
如同省略，三点连成一线
可溯流而上——
宋代官军的火把闪烁
围着的院子角门逃离的脚步匆匆
付之一炬，女子的朱砂痣和书中方字
辉映深闺，风和呐喊
都升腾成史
换了河山，温暖从你的后脑勺
降落旋即升起，分野并不显著
假以外力的孤单被光和水慢慢填补

月光倾城

月亏
不为惊蛰所动，水桶中似乎浮现残缺的另一半
月圆
则掩藏年轻时的疑窦和锋芒
我把生锈的铁铲放在炕门口，它们代表五行
缺憾的一支
如果不能做佛家弟子，就在心中供奉一座塔
你的城无比矮小，遍洒月光
眷恋水的放生会因此活蹦乱跳
拜月当作晚课
我心中升起的明亮
后半夜会落在你窗前，和芭蕉树
点缀着剪啊剪，恍如白昼

须臾之间

提起生养之地，如果还不够快
就改写成画
候鸟最先知道人情冷暖，最先抵达
黑色灶台黑色的锅和手
那一刻，我有千言万语
都敌不过一根干柴烧火做饭
这本身是我念叨的部分
"如果觉得苦就屏住呼吸喝下去"
一味药有瘾，因而在我刚刚回忆时
祖母就吃着草药，满头银发匆匆奔向老年

醉春风

泥泞里，总有潜逃者露出惬意
向阳的枝头先绿，颜色代表一种新贵一种身份
如对联，新娘红盖头
一夜间
春风就来了，旋着树叶和纸屑
仿佛一个微醺的人，走了那么长的路
还在原地
掉了漆的木长椅，你起身离开
十楼的病房
为人母者沾上烟火气，喂养，许愿
从第一个节气开始
你的爱简单，弯着臂膀
全世界都尽收眼前

一张空藤椅

如果是谍战片，尽量拍背着的过肩镜头
没有台词，女的往往先坐下来
离开后男子才坐下来
这个条状密度估计留不下多少体温
一张报纸隐藏一切，也许告诉时间地点
也许是摩斯码母本
这原本没什么，如果木器厂失火
接着枪声密集
所有焦点都对准空藤椅
手指甲画过的那行字，穿行的街道
甩掉的黑人，接头的眼神
仍旧倒叙，上级的部署
最好还是蒙太奇。整个过程我都屏住呼吸
所以注定不能坐那张空椅
也不能奔跑着推开一扇红木门
或许，枪林弹雨正迎面扑来

归来你还是少年

已经习惯春天和秋天的距离

一片落红，恰如其分度过八个节气

这些麦客不会感叹年岁，拼命地收割

麦芒在风中摩挲出金属声

颗粒饱满，掩盖了手上的旧疤

一海碗臊子面后

他们扯着嗓子吼一曲《苏武牧羊》

感同身受：节旄如同镰刀，请命的少年

从这里到北海

换板的瞬间，再从北海到田间

一株青麦，如同唯一的幸存者荣归故里

二月春风

飞过寒冷、黑夜，翻山越岭
都在一夜之间
策反者潜入，只可意会
最先攻破的是梅
最后是柳，深井像是暴露整个秘密的喇叭口
听得见呼吸、心跳和复苏的笑
二月春风，始终装扮在高处
和菩萨一样，只点化不说话

羊皮袄子

烤火的黑柴再硬，也敌不过时辰

炊烟，羊奶，薄田，三间老屋，你尚未及道别

我是从凌晨和别人的熟睡中进入

一场歇斯底里的哭诉

腾格里早已没有力量流动

就交给风吧，你身体上的袄子

同几只羊的死亡，成为雪地或煤场

这交换十分悲壮

野草代为拽拽衣襟，荒原磨出锋利后继续沉睡

我的哀思因此拉长许多

一件羊皮袄子的温暖

终会被口袋中的石子和脚下的泥土占有

我在你的名姓前，一直两手空空

我依旧用火折子

空寂的夜晚，火折子可以为一个绝望者画像
先是头颅，挨得很近，快碰到了
再是眼睛和嘴巴
你所见的微弱仿佛正患一场热病
燃烧，有热气，或大汗淋漓，也在消耗躯体
我努力延长一段共话的旅程
夜那么黑，光只照亮脸庞，投射巨大的影子
如果疲惫，我们熄灭它
和漆黑化为一体，仿佛声音和水的淹没
从未被发掘
重新点亮
如同一把斧子，把那些扑闪
从枷锁上解下，拖拽出来
所以它们连战栗都如此小心翼翼

灯 火

逆流而上，一江之水除了浆洗

拓印出纤夫的骨骼和背影

绳索好比脐带寄养知音

自然地晾晒，自然地捕捞

绝非一个流浪者，更多的格格不入

盛唐卷着衣袖打拱，收留，书生猖狂

送别从不沾巾

信笺或折柳，无论天涯海角

他的腰间别着的酒袋歪洒一路

就这么在夜空闪烁，成了江楼上最亮的一盏

灯影婆娑，于江涛中簇拥

一浪又一浪

淘洗稻米、方言

和一株韧性的苇子，扫着疲惫的周身

今天，我们在最近的酒肆

听抚琴或钟声，曾经的飞花字句架成琉璃

落雪的黄鹤，等到白头

1700多年，提灯者互道兄弟

隐去名姓

至今仍在绣像中揣着归期

任浪花，任浪花冲刷脚踝

石 头

它们被历史冲刷遗忘在河滩

任河水拍打，也毫无悔改之意

二月沐浴，九月供奉

纹路千奇百怪，解读者更像

解签的人，把象形说成会意

进而说成生活，落到众人的心坎里

很多事情冥冥之中已经注定

无需喟叹

这么多石头，我只喜欢那座像观音的

它在泥水中潜藏，发现

在一座红木座上皈依

阳光普照，一块石头外表僵硬，影子写满慈悲

足以让我病重的小姨渡过难关

攀枝花

这像一个地名

比我的寄居地更遥远

所以开始研磨，挥毫

一封信由左到右，天地间万物有序

一个蝇头小楷就是降落的星星

抵达时温暖远客

我以天干地支计算归期

大雪天，会让时间变长，路途漫漫

如果马车难行，我将乘火车星夜兼程

经过沙丘、麦田和花海

春天伊始，会用刀的人会划开面团

先做一碗热气腾腾的面条

再在便签下方书写：每一棵植物都有权放纵一次

清晨就这样抚摸着它们刚刚探出的脸颊

我们都举着阳光，连影子都交织在一起

梅花落到枝头已是初春

如果有寺庙作为背景
如果有一段寻春的苦恋
少不了打马从江南到塞外
流水落花
在古代，我们似曾相识
你说那红花在疏影之上横生枝节
我已归家
这一路参悟，媒妁之言多在春天之始
普天之下，莫非王土
我有一百个不甘
依次落在从塞外到江南的驿站

乡 愁

1500 公里，经过江汉平原、秦岭……
我的乡愁，如同跋涉后的一次抵达
手绘地图标注得太过大意
这个归程
我早已习惯依靠文字
如同河滩上还未打湿的石头
逐渐沾上青苔，重了起来
脚步孤独，因而夜空下
我常唱一首老旧的童歌
树，路，月亮，更多时间都成了赶路者
不可或缺的一分子
年轮是圆的
所以，故乡日复一日地转动
引力如此——
年轻的诗人是逃离
年长的诗人是回归

酒，依次还有酒

比快刀更快的还有时间

酿造的几个匠人一不留神就从青年到中年

白霜染鬓

比时间更慢的还有陈酿

任粮食粉身碎骨，遇上酒曲

封窖时，需要泥土和糠

我们将这一世的莽撞收拢，沉淀秉性

铁血疆场渐渐远去，将军

借酒训示：驱除强虏，还我河山

一碗又一碗，碎了的月光荡漾不止

血水凝固

出酒的一刻，匠人们高呼敬酒神

所有英雄和爱情

燃过一口铜锅和青瓷碗

燃过嘴唇、食管、胃

像春天，关不住时

一夜间改天换地

她卖的是钉子

粗糙的手，戴上一双满是油污的帆布手套
在盒子里抓取那些善于冒头的
上秤，拨砝码
总有那么一刻靠近平衡
总有那么一刻和买钉者斤斤计较
讨价还价
在不相仿的年纪
一粒铁钉可以钉在污浊的厨房
满是异味的厕所
甚至衣柜，从此悬挂日子和疲惫
捶击需要力量和削尖的钻营
那沾着血的铁钉继续氧化，腐蚀
在揳进木头的瞬间
它比其他的钉子
格外痛些

垄上春

又到了一个起点

麦子出苗，那青绿更加诱人

没有出过远门的母亲继续劳作

她说北京应该在东边，需要笔直地走

她的眼中都是慈爱，即使入秋不得不磨镰刀

噌噌地割断一捆成麦的腰身

她总是先揽入怀中，任麦芒扎脸

她总是小心翼翼地捆扎，形成一垄垄半身高的麦垛

她说如果没有冬天，春天会更加迟缓

像一个圆，周而复始

春天，有风掠过杀伐的粗糙的手

有风染绿树冠和麦穗

让它们在我的幼年一遍遍复活

郧县人头骨

两具人头骨在灯光下更凌厉
眼窝那么深邃，嘴巴那么凸起
越过恐龙霸权时代，所以那些蛋化石多少落寞
我们从结绳记事起开始追溯
一株药草也会进化，也会挺拔
在风雪中
它们摇曳
像招手并说种子埋在树洞下
冬眠者让荒野清净，脚印被重新覆盖
这些猿类，深一脚，浅一脚
在鄂西北大山，等太阳和火
结束茹毛饮血
我们爱这一段史前史，更爱采摘和狩猎
我们对视
这样翻过山和树，抵达眼前

曾侯乙

刚刚在擂鼓墩大获全胜
饮了庆功酒，别了众将士
擂鼓的手酸疼
从大尊缶里再盛些沸腾的酒
端着，竟颤抖着
音乐已停，耳畔却仍有余音
和呐喊声、车马声交织
这些年，往事终究敌不过一杯酒
穿过廊舍，熄灭些火把吧
留待月上柳梢头
在我的铜尊盘内逗留
终究，醉意朦胧的一步
会跨过江山
多像一株苇子横扫周身

我见到的马

在西部，偶尔看到马
没有踏飞燕的气势，没有行千里的韧性
要么默默地吃草，车辆轰鸣中也不抬头
偶尔打个响鼻，赶走蚊虫
要么沿着草原走向夕阳
那么慢，仿佛一个老去的黑点
这是我见到的马，清瘦
像来自历史，一路风尘仆仆
雨要来时，格桑花和山头都在乌云下跑
闪电划过，那一瞬间
披着骨头的马一动不动
唯独鬃毛一浪一浪
和野草一起摇啊摇

七星瓢虫在麦穗上

风中，丰收在望
摩挲声诵念声不断
红衣大师背着圆形衣钵
沿着一级一级台阶
靠近修行
念珠的节都生而平等
众生皆苦，需要在红尘中驻足
秋天，适合让轻的上达天听
让重的流落人间

阳 光

跳跃在草籽上，很轻
风会把一只红喙褐爪的鸟弹起来
再将剪碎的光阴洒下来
一年仅仅有两次互不见面
黑夜和白昼
今天，一定有个送信的人
面带笑容，递过一封文质彬彬的信函
字里行间，我知道东升西落的确切方位
知道阳光照晒下被褥散发的新鲜
母亲一边择菜一边唠叨
善于描述故乡一草一木的人
正经历青稞和酒
酿造需要阳光过心，慢慢等待
和沉淀

芦苇颂

如果在晚年我们白头，相互搀扶着看江

我不那么伟岸，阳光刚好打在肩膀

你在一旁摩挲

风和云带来恓惶

歌颂过于狭窄

一片大的芦苇荡，此起彼伏

我走出那里的迷离

你仍旧原地摇摆

依托飞鸟和虫鸣

捎个口信

爱你，爱浑厚的大地

摧眉亦可，折腰亦可

湖上灯火

在树杈中割出一道口子
所有不平静都逃往湖上
水波粼粼,一点点藏匿,一点点簇拥
风把明亮的珍珠推向上游
同样逆流而上的还有你的脚步
在焦虑的呼喊中
我只默默地坐在黑暗中看
仿佛我一应声
会惊扰一部分忘形的灯火

背 包

冬天的腾格里少不了雪、羊群
一只羊羔离开母体需要火烤干羊水浸湿的胎毛
需要放进牧羊人背上的毡包
经过墓地、柏油路和水库，回到初识的家
直到站起来
从家，依次经过水库、柏油路、墓地
再远的地方是铁道尽头
偶尔一趟慢速列车会分开祖父和羊群
那一年，拔过的青草席重新扎根
沙葱菜又绿了山坡
日积月累
那个背包，沾满浮动的月光
漏下唯一一把老骨头
落地成沙

号 树

号上一棵树

准备刀斧和锯子

没有最后一顿饭，没有仪式

我年迈的外祖父瘸着腿拎着白灰桶

一步步走近一棵成年的白杨

刷个钩

又蹒跚着走向另一棵

像检阅出征的将士，来不及道别

免不了争军功咬耳朵甚至断头腰斩

他遴选完毕，搓了搓手如同祷告

几个同乡拉锯扯锯时他扶着已经划破青皮的树

像抱着一个远行的受伤的人

他说轻点，锯末不要撒得太开

新的伤口处，留下碗大的疤

可能会长蘑菇或发新枝

一只鸟在雪地散步

红爪，白地
只有鸟，丈量得准
从家到墓地的距离
起初是一对，再到形单影只
雪雾广袤
我的祖父偶尔拢着羊皮袄子打火点烟
偶尔被呛咳嗽
像唯一一个蠕动着的黑点
一阵风来
谁都看不清
是那只鸟还是他的帽子
在飞

一朵雪花从树叶上弹落

疾飞的鸟让离别更薄更惊心
也断不知一片树叶上雪崩倾城
折枝之下知音难觅——
你有一袭白裙
多姿摇曳
你有一句问候
扑面而来

流水带走了雪

雪始终是个老邻居

打开门闩，靠着风和树叶传口信

渐次相遇问安

老去的祖母，永远和你同龄

她说孤独，羊群先悠闲地入圈门

而后才是慢性子的老伙计

他背着一褡裢黑柴及整个沙丘的寒意

吹着热气小心地喝汤

现在她说清净

同龄的能絮叨的一个个去世

她不再去红白喜事上帮厨

流水往事太多

她说这一天天她像个撞钟和尚

她能听见雪一片挤一片地呐喊

慢慢填补院里一口大锅

大雪压境

无关冷空气

我的第一场雪来自史书

马蹄轻轻，一条河川鳞次栉比

不要惊动即将见到的炊烟

我有十万雄兵枕戈待旦

严寒中点起篝火温起酒

北方，战前需要煽动，需要热血沸腾

用兵如神

从天而降，三千里江山

——装点

北方，每个人都需要练习拥抱长剑、竹简

和一片片厚积却始终温柔的雪

艾　草

五月初五，人们也将屈原奉为神明

所以赞美有时残忍

除了月牙仍在收割，还有明暗不等的镰刀

空地上的艾草

迎着风和利刃，从容赴死

起初被割一些驱蚊

后来脚步密集

被割了卖给更多的人驱蚊或当作这一天来临的引子

久而久之地割，昂起头颅地长

渐渐矮小，到寸草不生

供奉者们习惯了挖土、埋葬

习惯了荒芜

也一定能想象屈原是个恬静的君子

所以祭祀时都默不作声，充满仁义

日子比这还要苦涩

在五佛，五座神都是沉默的
或看云看水，看人间
西北的家乡唯一可以种水稻的地方
夏天蛙声一片，在这里度过一年极好
唯独水很硬很涩，需要佐糖
我的姑姑早就嫁过来了
她起早贪黑种庄稼，养鱼
黝黑的脸上偶尔露出笑容
她喜欢听那些抽穗的秧苗喝水的声音
风过处，总挥舞它们嫩嫩的手掌
好比在男人酒醉中受到委屈时拥抱
正在长大的两个女儿——那时她有一个纯女户的标签
她说这个村子不大，在自留地里
她快速地喝水，就不觉得涩
她快速地抵达中年，就不觉得苦

旗　袍

爱眼前的春天，偷偷地长

也吝惜平和中的一针一线

交错勾连

执掌画笔的手研磨，晕染

更喜欢靠近烟火人间

姹紫嫣红过于喧哗

素雅如同一封信的开头——见字如面

接着书写京城的近况

一把油纸伞撑开江南烟雨

一本书打开一扇木门

那有灵魂的服饰

越过潮水，越过故乡

一花一叶盛开在闺中

茶魂（组诗）

甘苦共生

木匠李叔叔也会测字
测过王与土，也测茶和木
那是年轻时，他失手在电锯上断了食指和中指
就在墨线和刨花中做出课桌椅和炕柜
甚至棺材，成为每一家都请的师傅
就在三十多的年纪娶到一个跛子为妻
盖起一院新砖房
就在中年学会抽旱烟，喝苦苦的老茶
给几个儿子轮番做木头飞机、陀螺
邻居们打趣，老李这辈子赚了
因祸得福
他咂一口茶，望着远方迷离的灯火笑笑
仿佛沉默只是一盏茶和两根手指的距离

采茶姑娘

把春天当作秋天
姑娘们会在花期来临前采摘
在半身高的垄档中相遇，又默默分开
这指尖舞动的小
这暗合天地的小

就这样豢养无数个清晨和傍晚

雨淅淅沥沥入江，我们亏欠一座山一棵树

太多

听禅

傍晚，就这样坐在门台石上

看夕阳不忍隐遁

看一群老者摸象

一些人说耳朵像平原

一些说身子像秤砣

诵念的带子仍旧转动

能即刻闻到檀香，听到风动经幡

一把断刀砍过黑柴

又洗去烟火劈开老茶

走过泥泞抵达光明的人

都先呛一口热茶

像把一身疲惫脱下来，慢慢填满

既装尘埃又装茶香的瓷杯

围炉

粮食既收

一个小民的时间就像重新掌握在自己手中

可以挥霍，给平静的相逢

给燃烧的涂上黑油脂的生铁炉子

这是北方，大地安静得像冬眠

此刻月正西斜

我和姐姐端坐在祖母跟前
一起看着沸腾的茶壶盖
默默听它倾吐所有，如同一个话痨
旁若无人说出辞世的牧羊者，你善良的老伙计
多年的病痛与吞服的药
老去的脸庞与银发……
火与凡俗的水相遇，冲撞
仿佛临近庙门的脚步声
无止无休

茶谷花香

不必知晓一株茶树栽种甚至如何长高
初春的南方，一层层的新绿如同漏了的翡翠
星星点点，欲望掩盖老枝
是啊，初春更容易不知归路
在狭长的山谷，循着钟声仿佛依据古例
山阶温暖，脚印温暖，花香也如是
我听见你沸腾的气息
不沾尘土的叶子，有光透过所以更轻
所以这些平凡不及梅菊
更能撑起无边的黑暗
一天天周而复始
要读多少旧书，才知道日子这么不经过
茶一次次凉，又一次次加热

茶梗

春天，植株的叶子一点点吐露

真情

暴露或者死去

都逐渐成为一棵树最初的模样

如果多的是时间，我们该驻足

看他们在赞美筑起的杯碟上

失重地飞，靠近，挤对

最终重的沉下去，轻的浮上来

这个习惯一直延续

我把它们暂且当作故乡的天和地

偶尔会念叨一句"精卫填海"

祖母的老茶

总在天不亮时煮上

一把小壶比我年岁都大，已经乌黑

老态初显

慢的光景需要赶早

最粗糙的大板茶，一刀一刀剖下去

仍旧是墨黑的，仍旧没有喊痛

需要酽茶

可以解乏

来自老树，来自老屋，来自老人

这茶，像一个人的一生

严谨，有序，浓郁

雪水冲泡

取雪水二两，枣子三颗，狗毛若干

听老中医的声音

那些药引子一步步成了哑谜

如今，也取雪水，过滤，煮沸

茶匙如同一道关口的判官

去掉自植物初长叶时的冗余

都是冲泡

一种疗救不断混淆界限

你说，万物在漂泊前

都将病身子化作脚步声

渐远之后，我们看着小火炉

出神，偶尔的兰花指仿佛从五千年的洞窟中

取出一个翻腾的栗子

一山一叶

在于自然造物

等待风来，等待花苞　痴痴地开

一双纤细的手，将不幸与快乐

加注火和温度，慢揉慢焙

一滴茶走过洁净的陶瓷器皿如同响箭

将军的阵前，需要清香叙旧

需要阳谋以成霸业

老茶树守着漫山遍野的顿悟

你所有的秘密

此前都藏在一片蜷缩的叶子中

在一个春天

一座山的祷告里

所有植物短节的痛渐渐减少，不及阴雨

阿弟，何时归故乡？

后官湖的候鸟

我曾吃过这湖中的龙虾
那是夏天，我们初来江城
忍受着尚不适应的热和无边的知了鸣叫
用蠕动的青虫钓虾
这大红之物构成你死我活弱肉强食的一部分
和候鸟一样，唯独夏天在这里和你我相逢
如同螳螂捕蝉黄雀在后
我们绕着造物主吞吐的水，从下午到黄昏
趁着酒劲表白并不浪漫
看着小船划过，越飞越高的翅膀
仿佛此刻紧张的心跳
我们爱这一片水域
所以以前的出租屋和现在的出租屋
一个在后官湖之首，一个在后官湖之尾

观湖大道，正午

观湖大道因湖而名

也因梧桐而更像街

这是深秋最后几天

踩在落叶上的，一定人到中年

毕毕剥剥的声音由前往后

如同拖着脚镣

金属撞击声中，无需躲过虫鸣、泔水

乃至唯唯诺诺，越走越远的春天

从清晨就启程，谁来安慰一棵树的英雄气短

正午，所有苍凉的投影重叠

因而慈悲最大

虚空的河流

我自五月赶回

贫病交加的村落，铁门虚掩

陌生的药名在晚风中瑟瑟

一些哽咽，颤抖做最后的赎回

绣花鞋垫残破的一角会放出所有疲惫

一辈子未见河流

你说一只白羊在对岸等待

忽然就找不到童年最亮的星

夜色格外苍茫

正值落果，桃子、杏子、枣子依次洗涤

犹如经历一个种植者由盛而衰

倚门而立的儿孙，身体里的雨

滴答，滴答，再也覆水难收

深秋月色

折子戏里的月色，不一定非发生在秋天
当左耳和右耳分别穿过家国

奔月，夜追

要么凄凉要么悲壮

现在，轮到一个摔碎的鸡蛋平分

深秋薄凉，安坐在软糯的城上

有脚步跨过江南，略带烟火

有脚步走过红枫垂落，瑟瑟哀鸣

我努力靠近被支离的琐细

每一个都像无辜的孩童

值得怜悯

而唱腔，让那些轻便的光慢慢升高

升高

直到黑夜来临，什么也看不见

初 冬

捆扎的玉米抱团挨在屋檐下
它们褪去外衣
不得不低头，不得不在初冬瑟瑟发抖
是啊，起风了
如果是优选，该在合适时讲述走向饱满的故事
并和一双粗笨的手交换分离的看法
都说炊烟是贪恋星空的人攀缘后遗忘的软梯
同着这一盏盏昏黄孱弱的灯
将在深不可测的夜中，慢慢靠近天明
如果寒潮短暂，就让那些先学会哭泣的种子
一粒一粒走向泥土，抵达春天

我的沉默

有时装进一只罐子

有时在暗处反刍

不看，不听，不辩

从云南到甘肃

两百多年车马声声

一片浮云越过一个人却需要时光

是也，在夜幕中一遍遍默念故乡

生怕晨钟中走散

如同一个农夫簸箕里的米

生命里颠扑，成为有足够栽种资格的种子

我屏住呼吸，任荒原上的孤独狼

呼啸月光下满身火苗的自己

我只身背负一张陈年的网

记住每株向阳微笑低处的花木

不带走一片草甸以及随处可见的春风

一茎青荷

顾左右而言他

将要去远方

除了月亮，路途中的宁静
可以浓缩到一个寂寞的石头上
可以简单到一条并行的轨道外
呼啸后飘散的蒲公英与阳光的扑闪
那狭小的夹角内
我和其他人
仿佛在一条蛇的肚子里
谈论活着，谈论阴天
所不同的，我临近窗口
会经历一个夏天偶尔的晴空万里
会聆听到一把古琴更低沉的悲壮
过山洞时我们常常掉落进黑暗
在另一个怀抱里扑腾
隐匿着的恩仇风尘仆仆
麦芒上寄宿的佛陀无需坐禅
所有素食者悲喜不在于绿肥红瘦
此刻，顾城依旧是个孩子
走了一万一千里路
一滴降雨的坦荡足足容纳
整个草原

关于诗句的历史

从晋代的春天到唐的秋天

毕竟时间漫长

幽幽生于黑暗

或者存活在泼墨挥毫中

或者埋藏在沾满泥土的陶瓷中

恩恩怨怨无尽书写

覆水难收，杯水车薪……

关于水的奔泻，关于水的阻滞

历史往往从西向东走去

风雷停顿的间隙偶尔为

一粒烟尘亲手绘画肖像

十万骄兵，只听见呐喊声和擂鼓声

我所依靠的江山过于简单

一壶茶和一本宋本唐诗

你听

一句诗能有多高

一把孤独的青铜剑和一些约定俗成

传世

剧目中

那些生旦净丑把嗓子吊了又吊

山　阴

与狼的传说及粮食的典故无关

一座山的姿态

有时候谄媚，有时候雄强

如若分不清一棵树与另一棵树的叶宽

如果记不清种子的来历

就以阳光为号

照亮山顶同样将光热洒向坡道

石阶仅仅是通向心脏的一排肋骨

按图索骥总会找到规律

所有政治家都如同一个浪漫主义诗人

他们热爱历史和自然，更热爱个人

所有柔软的根，都扎在倔强而坚硬的骨头上

以石碑为界，在向阳的地方安葬灵魂

他们孤独而怕冷

背阴的地方种上柿子

终究会发亮，也会温暖一座经历风雨的山头

树

抠一棵松树坚硬如铁的皮
宛如打开一条蛇腹腔中沉积千年的腐败
伐木丁丁
是否会有几个蜂巢沿着逆风的方向
测定：风速，风向
我的想象仅仅纠缠于土地和荒原
离开繁华和灯火
如果追过前方的乌云
还没有人家，请把唯一剩存的水留给胯下之马
生老病死无关对象，无关远方
我们后来听到的多是不完满的故事
九月九日最后的露水倾尽所有
命名一个季节
需要押注一生的年轮

又将春天

影子开始收拢，也许春天就到家门口了
路过破损的年画、腐蚀的门环
相信世界和生命都来于斯
山川、河流以及踏向远方的路丝毫不例外
沉睡的庄稼开始懵懂
冰雪封地
一个个复苏得小心翼翼
这不是我钟情的故事
我喜欢掸去灰尘，和一把小麦种子
冒着寒冷，假装搭上翅膀
在黑暗中荡啊荡
直到所有表皮都感受到地平线上溢出的热和倔强
春天过于冒进，把所有生命递交给我慈祥的母亲
那时，我和积雪
依靠象形文字发音的暴力也自然减少不少
头顶，蜘蛛的慌乱像封住过去一年的袋口
几只落网的蚊虫足以渡过时艰
高悬的圆月，让所有翘首以待的人听到
这久远的时光，你的奔腾
黄河解冻的声响

年 夜

隆隆的鞭炮声排山倒海

仿佛这一刻的约定俗成

除了守岁，我们还迎接一个春天

四季如果等分

这一天格外珍贵

蒸出的花卷点上玫瑰色

梅花开在粮食上

五福迎着风

红色在这个午后飞翔得那么轻快

剪纸在一双干枯的手中

娴熟，时间的延长线里有边有角

年画的故事，仿佛依旧如昨

这一夜，有村落的地方有方言

有光，有浓郁的年味

如果误饮多了酒，盛唐会收留一个流浪者

年复一年，焰火冲天

熙熙攘攘的人群会记住戊戌年间的万家灯火

并一同老去

迟 来

夜空来不及燃烧，黑色浓重

归来的人，踉踉跄跄

除了酒，还有一曲唱了几十年的老歌

回响，楼道很空，屋子很空

留灯，即便微弱，也在寂静的归途上留下温暖的念想

所有人打起呼噜，沉沉睡去，连同透过纱窗的月光

唯独不大的盆子里的泥鳅

欢天喜地地搅动，因此水会顺时针旋转

不必担心经过菜刀和蒸锅

甩开寿数

仿佛天地从自己身边刚刚启程

时间里的光谱

乾坤之变都和时间推演相关
你所说的寂寞
可是你年轻时候的一粒稻种？
遇水则灵
故乡之重，在于一群麦客带着耐心收割
自己种植的庄稼
在于微薄的收入后嗷嗷待哺的孩子
待嫁未嫁的大龄丑妹妹
甚至即将下羔而缺草料的母羊
无可奈何
时间
如果绽放，不输于梅花
不输于一杯重新开了的茶
你的呼吸中起伏整个大海
却难掩一朵浪花一声啜泣
你故事里的时间，都有一个值得等待的外号

一本书的分量

一本书就是一把沉重的猎枪

装弹之前抵在我的头部

一股热浪和血腥会从皮肤到鼻腔再到战栗的内心

所以我沿着腾格里沙漠，沿着铁道

逃出家乡

沿途你需和一个不入流的大学产生交集

会在图书馆和布满灰尘的大师倾吐心声

会和出租房的邻居产生摩擦

会半夜爬起来驱赶蟑螂和老鼠

会和山里的星空道别远赴另一个陌生的城市

有时，一本书就是一个豁口

有风自远方来

也有逃荒的人，收录整个家族的记忆

甚至还有神枪手的传奇

只有在午夜，我才敢在黑暗中祷告

今生不知哪个决定出自运势

却都和我儿时经过的马兰花毫无关联

借些月光，重新亲历一本书的跌宕起伏

一本书里，除开三百个部首

当然有一株草死亡时的呼喊和重量

兮

来把田野呼唤

来把河流呼唤

回声如期荡漾在六月

和一株葡萄讲吃不到的故事

一般都有传奇和不甘的身世和遭际

背靠历史大河

山羊作为坐骑，江岸边淘洗花白的胡子

还有，你的白鞋白衫

水深且悠长

一个名字穿过白天黑夜，甚至妇孺

这吊着的名字啊，如同一盏灯在黑暗中扑闪

这里，所有人都写着长短句

兮——让我们找到母亲童年的方言

花　梗

不要忽视你身上的所有委屈

烽火戏诸侯最好发生在夜晚

无尽的远才能看清一个人的疆土

结绳记事也只能依靠你的腰身

有时历史命悬一线

这么多年，秋天始终如此短暂如此悲壮

抽取你身体中的光阴

直到慢慢变为黑铁

一个名曰神农氏的贵族，在西北的塬上

和你不期而遇，供奉你最小的枝只抵达脚踝

需要燃烧，需要慢一点

你枯萎时人们叫你草药

你茂盛时则叫药草

泡菜渐渐老去

这一坛五颜六色，如此拘谨
从刀口下走过直到盐杀来
没有突然，一切心安理得和唯唯诺诺
寒露时节仍守口如瓶
高涨的海水没过腰肢没过头顶
旧时光匆匆
越走越远，听那些无畏的气泡咕嘟咕嘟
越来越老，也有了酸涩的味道

告白随想录

我们在地下室借着微弱的灯火
谈理想谈未来
一下子就忘记相互伤害的痛苦
多年来，我们走过山、河，包括琐事
如同在一座寺里
给不同姿态的佛像取一个共同的名字
向着袅袅的香火许愿
一个人要把爱你的精力分给竹林及其后代
此刻，如果怀念儿时的口味
就知道了一辈子执着的犟劲
从群山夹道中穿过
一口方言会把多余的陪伴
留给染白树冠的春天

关于力

一下子就回到结绳记事的年代

我们需要一些巧力记住一些蛮力

追逐食物追逐爱情

光明和黑夜仿佛一次简单的迎来送往

点头或摆手表达观点

药材静静地生长，露水静静地润湿

所以生命慢慢冗长

到后来的石器时代黑铁时代

骨针缝制衣服而知羞耻

箭矢飞落，一场猎物多寡的评头论足才有欲望

所以冷兵器指向父兄，成王败寇也

历史，简单轮回，仿佛仓廪满而复空

一座石屋裸露在雨中

一座江山美人如画

闪电暴戾撕开真相：孰轻孰重？

杀马盟誓，信义的力渗着从竹子绢帛到人皮似的纸上

战栗的血

旧居断想

我记忆中的旧居和影子有关
我记忆中的旧居体积不大
锈蚀的门环，穿过的光成为唯一存在过的钥匙
门墩石上散落的烟灰，仿佛黑夜里的火星
依旧明暗交替
故事和民歌会为幼童画一幅最形象的画
早就告别油灯
却怀念那为一点温暖而忘我的燃烧
也用麦草填炕过冬，福禄的对联言过其实
旧居里的二十年很长
旧居三代同堂
旧居在腾格里沙漠
从一棵青席旁绕过秋天

如果一座城

如果一座城合理地分布山川湖泊

如果时间允许一个人的一天区分青年和老年

如果所有词语都和名叫前进的村子有关

发掘的化石人或许有假

一个立竿见影耍杂技的眼中的未来

撇开藏污纳垢，撇开汗水和最后的漫骂

只是燃烧，心中的燃烧，字和字缝隙中有血

火是疗救心盲的另一味药

城的边缘遍地树根

所以无法撼动

春天播种，秋天只在我的手腕上收获

来吧，趁着鞭炮齐鸣

浣洗一件旧衣裳，如同压抑下来的喧哗

一次次摔打

城的脸面光鲜，从未叫过一声疼

长　城

土坯坍塌后还有岩石

一条条命崛起，在我的心脏上弓起弯了的脊梁

劳动的号子和皮鞭交错

喧嚣终将落定

生锈的马蹄铁沾有鲜血

无处消散的魂也因之萦绕

背着弓箭的人如同驯养一只只白鸽

适宜地栖息在井口似的箭袋上

沉重的不止沙漠中深浅不一的印记

不止被硝烟弥漫过满目疮痍的旗帜和州郡

白天将看到血和刀剑的真相，夜晚则掩盖一切

我只把它与烽火联想起来

春天的风不再悲壮

荒　原

夜晚，在沙漠中寻找出路
犹如在大海中摘取流浪的浪花
没有风，没有舢板
整个冬天属于我们，属于匆匆的脚步
一个节日无须太多寒暄和理由
如果遇到界碑，你我会成为披坚执锐的斗士
如果灯光闪烁，那里或许就在村庄边缘
几个人围着柴炉煮酒，谈养兔子和养鸡的分别
更会为两个陌生人的到来感到吃惊
走出一片迷茫需要时间，需要有一颗恒星向北
野枸杞将是记录里程的见证者
夜空忽明忽暗，放声歌唱
此前，一只鸟落在白雪皑皑的枝上
疲惫中的飞翔好比一个拼凑的音符
荒漠中的孤独
总有一幅画在烟囱和泉水处落笔

一月中旬

那是凌晨两点
以诗歌之名聚散，独白过于凄美
一座城市仿佛刚刚死去，又开始了孕育
寂静只适合在黑暗中观察
所有的酒在恐惧时通过头颅上的毛发散发
热量过少，也即将消失
施工的临时路面，或许遗留更多铁锈
更多血和汗
一个醉酒的人，如同释放所有欲望的狼
误打误撞
这里离住处越来越远
渴望遇到一个卖红薯的人
不谈价钱，只说白雪、黑煤和兄弟之谊

绝 望

你曾问我为什么要如此活着
我说我们都要学会种自己
你曾向我打听北方的荒芜
我用笔画了一片焦黄的土地
三十多个年头，我们不卑不亢
选择最黑暗时出发，黎明时到达
注视一片杨庄的土地
满目盐碱，如同十月早降的小雪
没有谁说，离开土地
四千多年，我们要背一座房子及土地
尚有不能满足的欲望，一同上路
到父辈，我们除了麦种一无所有
甚至，那些孤独如同夜色慢慢爬上我们的头顶
春天，我们立在田间地头
向每一片已经腐烂的叶子
向寸草不生的白色问安

字 典

一部新华字典，以陈旧的牛皮纸包着

把所有锋芒都隐藏起来

祖父习惯了捡黑柴烧火做饭

在汉字之间，犹如在沙丘之间

寻找遗漏下去的贝壳或蜗牛

净白，这是唯一的优点

易碎，这是唯一的缺点

词与词串联，如同你点数羊群时的声音

一字一顿

祷告最终归于简陋的羊舍

与一盏油灯和夜色共眠

那一年你信仰升腾，我翻阅这残损的发黄的字典

经过白杨和水库

星空裸露，五千年的汉字在苍穹中闪烁

那里，一定有我熟识的人，掌灯夜行

绿皮火车

终于赶在火车到来前将羊群

催促到铁道的另一侧

有多少日子，就有多少列火车依次疾驰

腾格里沙漠

绿皮火车如同行走的植物

或者一泓泉水

牧羊者在这里捡过黑柴，救过被鹰追逐的受伤的兔子

用一根棍子绞过并拔下青席子

却从未坐过由东向西或由西向东的火车

飞驰中的急促喘息都化成了烟雾

远方，那边有多远

此刻，一群羊和他正隔着一座起起伏伏的沙丘

有的只低着头吃草

有的在一口发黑的水槽边饮水

有的安静地反刍

夕阳下，牧羊者手中的双股鞭子响起

羊只朝着地平线返程

像驱赶一列又一列火车由近及远

像驱赶时光由少变老

甜 菜

从翻动土地到播撒种子再到生根发芽

在北方，一株甜菜的背后

需要不停地行走

天气灼热

绿色的叶裙会在阳光下慢慢地更像银杏叶

在北方，挂水壶和戴羊毛肚毛巾的人

都和时间为敌

割完麦子就种菜籽

玉米出穗后接着灌溉

中规中矩仿佛神灵的馈赠

一株就是一个坑

每一颗投胎做萝卜的甜菜都想不到

一切相同的背景下

唯独压榨是甜的

馋嘴的两千里

两千里，将覆盖米食区和面食区
足够菠菜和麦子成熟
故乡的吃物，像个水土不服的弃儿
路过日渐发黑的锅台，笔直的炊烟
在母亲手中生长
灶膛中通红的火映照几张平静的脸
疲惫如同坐在锅上突突突突的锅盖
热气冲淡贫穷卑贱
现在，没有一味药可以治愈馋病
提前几天的盘算，一条由夏入秋的路途
童年的味蕾似乎仍旧活着，而且真切
如同被刀划过时难以忘却的灼热
喜欢辣，加蒜和醋
舌苔上打着标记，地图中有山川有粮道
公元前，黄土高原的麦香
拯救了后来望梅止渴的人

上坟记

祖父的坟在一座山坳

当时下葬时阴阳师说是附近最好的地儿

跪在坟前，如同一个懵懂少年又回到祖父之杯

一样的古铜色面孔

一样的旱烟味儿

一样地被胡子碴扎

那一株株春发冬枯的野草

代替我守着一个沉默的人

几里外火电厂烟囱烟尘喷发，多像那几年

祖父怕烟呛着我们，远远地看着

赶紧抽上一大口

立时云雾包围

他的面孔越来越模糊

西　山

掩藏烟叶的香，阳光只为一束荷泼洒

风中松枝吱吱作响更像欲盖弥彰地隐藏羞愧

北纬三十七度，几个牧羊人

依次走过铁道和鹰嘴崖

姓氏始终难以启齿

遥远和光阴有关，早上出发，傍晚归来

腾格里边缘玉米株距就是一步，就这样一步步

靠近简单的老舍、牛毛毡屋顶、乌黑的石灶

粗心大意的女主人

青席子在七八月间拼命地摇

如同欢迎久别重逢的人

最后的命是挣扎和逃脱

西山是一座小山，长满耐烧的黑柴

谁都小心翼翼绕过

怕吵醒半睡半醒的神

无数架骨骼栖居在此

奈何桥上，孟婆汤的叫卖中

一个回眸就是一整年

下 编

如泥土的爱

晾衣记

从一桶水里捞出来，一件衣服尚有前所未有的重量
那一刻，像与母体分离的婴孩
第一次活在这和煦的人间
高处悬挂，有风，有阳光
晾干的步骤也将不同
先从肩膀开始，再是前胸后背
袖口和衣襟，最后到衣领
其实，一件衣服是有灵魂的
比如晾干时，比如晨起读诗时
那一刻，它圣洁到可以飘起来
每一个看到的人都祝祷它抵达天堂

芦苇

一片又一片
白色的头巾随风而舞
腰身颤巍巍的，如同年迈的祖母
挥泪送我离开故乡
村庄不远，却需要渡过泥泞
需要从破旧的大巴窗中回望破旧的木门
正在荒芜的田亩
如果过了河面，这广阔的阵容
即使遭遇断崖也义无反顾地扑下去
每个喝酒的根苗最终将大腹便便
北纬二十三度，这一年的雪来得早
谁的委屈在大地上起伏？

一壶凉茶

熟普，从古树的身躯上采集
仿佛孤独时上帝造了亚当
案上，有月光铺洒
浸泡已至立秋
凉茶，好比错过了宿头的人
喝着可以慰风尘
两万里，月牙暂住在一个瓷杯里
如同行将成年仍未长大的孩童
烹茶的是我的姐姐
她一遍遍耐心地洗茶、斟茶
整个高山流水都走一遍
归来时，两手留香

石　榴

所有名山大川都聚在一起
回到天地混沌，路是你的腿
星星是耳朵，太阳是眼睛
呼吸如风
自剥落的那一刻
走过苍凉的人
用烛照点亮故土上每一扇窗
雪籽不受限于节气
千山万水跋涉，愿意留下来的
漫卷经幡开悟
露珠，都是被红色手掌收养的孤儿

泡　菜

染指食盐、白砂糖、白醋、花椒

逐渐有了烟火的味道

陶土罐子如同牢笼，几个发酵的气泡好比短暂的呼吸

人的一生总要放纵一次

那就趁夜色走十几里，了却一桩购买的心事

那就把芹菜、娃娃菜以及胡萝卜混搭

颜色丰富而顿生歧义

直锯还是斜拉，抑或滚刀

给那些向死而生的蔬菜体面的修饰

在河边，泡菜母水一滴滴收拢

浸泡尚需时日

日头经过山梁，也经过菜心

在故乡，冬天很多人都在刀口上如此过活

一包兰州

和不抽烟的人谈云雾缭绕

他的陶醉不亚于我所钟爱的酒

这流离的人间，只留下一个孩子命名的村落

古老的槐树上栖古老的朴素的鸟

古老的鸟剪开盛夏的聒噪

寒冷时需要火，炎热也同样

怀揣一盒兰州，直到浸入汗水

每一支都似事先的安排

每一支都诉说一双汗手翻检烟叶

酸涩的疼，对掌心和嘴巴都是麻木

都是荼毒

我们这样顺着走过秋天

无暇顾及彼此，衬衣上被烫的窟窿

如同坎坷睁开眼说，不幸先经过黑暗

再洞悉光和真相

松弛的黑皮肤，仿佛我们最后的衣裳

悲草吟

向着逆风，无须解意

旋转的刀子容易混淆沙尘、树叶及一条草命

这是秋天，死和处决并无区别

碎屑垂落，有的掉在老年男人的臂膀上

并不轻松

伤口横切，还有比草茎更灼热和痛苦的吗？

空气中弥漫着青草低沉的哀号和悲壮的血腥

四季轮回，一叶孤单要么死去要么复苏

如果赎罪，请脱掉鞋子

仿佛在一架琴身上

听那些纤细腰身流水一样漂泊

谁的青春里没有红日

谁的内心没有一个慈悲的菩萨

咥

仿佛劝酒的说辞，单字方言

十年未见的哥俩碰杯后

急于要把所有事情一齐说出却又不知从何说起

咥，打破拘谨

那个瞬间打开一扇门

作物长势喜人，小毛驴的骨架快被压弯

粮食一袋一袋，从推动的石磨中磨出粗糙的面粉

瓷盆中加盐加水和面

海碗捞起滚烫面条

加入臊子

最小的儿孙绕膝

世世代代的日子，经过筷子

酒，和三百多万父老乡亲的问候

树　荫

一定要有光
一定要有勒痕累累的背
形影不离是彻头彻尾的赞美
部分爱情轰轰烈烈，像伞，遮风挡雨
每一片叶子独立经受太阳的箭阵及风的鼓动
受害又无辜，左右摇摆如同禅修
一棵老树足够撑开岁月和委屈

棉　花

九月失陷于干旱

所以虫鸣和色彩都更加单调

棉铃仿佛一个瓷杯，总有一天溢出绝世温柔

弯下腰身，粗糙的手染血也要摘下丑陋的面具

每一棵瘦骨伶仃的植株，都承王命之重

数千年移风易俗

广袤的北方风影婆娑，低伏的成片的白

靠近黄土地，靠近故乡

油灯枯黄，一次次撮合的捻子在倔强中驯服

灯下黑说的是一件无奈的事，犹如棉籽散落泥土

犹如春风里故人两手空空归来

只要静静地听，从西北向更西北处远道而来

浮云深处都有抽丝剥茧的裂隙声

手　艺

秋天，得号①上成株的白杨

听锯子拉扯，传说有锯木渣掉落的地方

会长出新叶以及蘑菇

一棵树告别过去的方式多种多样

去皮，车成板材，墨斗，刨花

少不了伪装

断了两根手指的木匠在昏黄的灯下

除了画线，还要唱一段秦腔

没有酒的夜晚不完整

任刨刀和凿子隐着锋芒

他说，他知道和一段木头相互战栗的所有真实

---

　①　家乡方言，指标记。

沙子赞

故乡经过伪装，影子悠长
每个亲人一生的誓言
落地成沙
归来时，年长的先化为一粒瘦弱的尘
干干净净，唯独留下春天和一本词典
温和的骨头下刺果儿越加旺盛
沙尘暴之前尤像送别
一把热爱，拳拳之心滚烫
沸腾
我们呼喊故乡，就像呼喊远行的至亲

剪　月

出现的只是一小半儿，等待收割
清辉仍旧不减
一场枯坐，仿佛倾听仪式
最后，总有人悻悻地谈起年轻和尚拜月
月亏多少，就祷告多少日夜
日月星辰经过一个人的躯体
犹如剪辑多余的部分
所以白露为霜也称之为苦衷

山　语

祖父埋在山脚

所以一座山才有了沉默

沉默寡言，错觉是停下脚步

尽管沙漠中尚有脚印

青席子窸窸窣窣，一辆马车由远及近

惊起夜鸟

需要表达

一张又一张黄钱才铺张地迎风而起

吹遍一座山的沟沟坎坎

飞过的鹰是罪恶

祁连山没有离天最近的铁路

星星很多，天很高

这辽阔很悲壮，所以雪提前到来

掩盖所有的黑即成了白

只有鹰小心地飞过

仿佛轻轻赎回一生的罪恶

忍饥挨饿从云间到大地

如果四十年前，当门口裹着素布的黑灯笼摇曳

一定有两颗嘶鸣的种子

哭诉一个打土匪的人

荒原上的寺庙

和干枯的野草同根

所以少香火和桐油

突兀地在一道沙梁上

偶尔的过路者在这里歇脚续水吃干粮

他们和菩萨一样质朴

几个修复塑像的匠人正描摹眼睛和耳朵

希望画得大一点

让慈悲看得更远，听得更远

此刻

两岁半的儿子对着荒芜大喊

你好

回声中，似乎木鱼和金钵也响了一声

秦　腔

需要吼，需要回溯历史
西岐之义已断，旌旗赫赫在目
枣木梆子击打，所以有节的疼痛
有栉风沐雨的羞耻
勾脸上色彩掩盖秋收下的杀伐
灯火阑珊中
几个折子记载忠奸兴亡
国史仍有烟火气，镰刀上沾墨
接着龙飞凤舞
是谁淹留光阴，是谁无意流水落花

旦角的眼

和一幅仕女图点睛之处比

我只借一瓣江南的杏花

寄寓漂泊

后台描描画画——勾脸的神韵

似乎还留着垓下绝望的泪水

此刻无须小心莫名

听一宿楚歌，上将军时不利兮

廊灯下的水袖告诉

这只是戏，是啊，如果只是戏

无须铸打青铜，无须跌宕起伏的呐喊

几个人身后的千军万马溅血沙场

这一夜的别离

都安放在一个迟钝的马蹄铁上

如何让挨近死亡的骨髓刀光剑影后发问

谁在弱冠之年击水三千？

霸王，只贪恋一泓泉

雨　夜

一颗石头惊破不了荷塘的静

就这样入夜

也就这样只在一只眼睛里闪烁

百亩绿如罗盘

一个个采集飘散的灯光

所以无须拾柴烧火

所以我们只准备好继续远行的雨具

蛙声和蝉鸣如同失散重逢的兄弟

拥抱，或喜极而泣

何时，我们才能卑贱地和一滴雨生活在一起

怎样和一片落叶做邻居

总会有不知南北的风抚慰麻木的瘀伤

盛开的向日葵最能盘结你的平凡与落寞

柴门掩蔽时，照例在穹顶留出方孔

熟睡后，我的夜只是走过天南海北的一个补丁

雨停时，我把第一个透出亮光的星星

命名为只会写诗的食野

五泉山印象

第一朵雏菊骨朵上
承载着一座古老寺庙经久不衰的诵经声
悠然见南山是否会和一句万般放下
同等的宁静
我们最初只是讨论一块听禅石头
感受五泉山上夜晚泼墨之凉
如果戎马生涯仅仅是真相的小部分
如果一个传奇的将军爱民如子
经由皋兰山鞭戳五泉
血脉流淌至今
埋锅造饭却是任何唱腔都不能饰演的
月光留下真实的灰烬及西进的疲惫
黑暗中所有善良与原罪的许愿
功利般燃烧的香烛映红鼎炉
我描摹众生的过程，看尽皓首
一个谦卑的人，断断不能居于高处

玉米颂

在我的脚下

一株玉米是这月夜唯一的伤病

掰开干枯的枝叶

"叭"的一声，如同射出的子弹

那一刻，夜空的静唯有心跳的突突

生命，由牢牢地握住尘埃

到散尽万千的金黄

终点将是一个纺锤形的圆弧

树作为陪衬，可劲地鼓吹

高洁之地，种植不甘的魂灵

风来弥散，席卷不定的真相

你的红缨灌顶，你的黄穗笔直

如同一个桀骜的将军

绿玉袍内，无数子孙齐齐

一曲京剧《斩马谡》

唱得字正腔圆

酿醋传说

只要一口缸

只要粮食和水

只要时间

酿醋没有酿酒的气节

秘方属于童年属于老者

酿制的过程俨然打毛衣或者剪纸——一个温暖的过程

头道醋浓郁，继续返回原初

醋糟如同干涸的土地

倾献出每一滴汗水

阳光下

白色的碗盛起淡赭色

有酒曰女儿红

初嫁之女，如同糟子，反复操演发出一个酸醇的号令

南江传说

朝南的脚步，礼遇高原上的羚羊

雨林的苔藓、蕨类及兰科植物

多彩的山，仿佛界碑

你在高地扑经历如雪的冬季

我在景洪度过温润的春天和炎热的夏季

高山对峙，峡谷湍流

洪水和干旱——苦难中走过

一路上少年到老年，还是故土难迁

此刻，成千上万的鱼，如同失散多年的亲人

语言并不能隔开血浓于水的亲缘

拥抱，肩并肩，厚重的家门早已斑斑驳驳

依旧是返回时的归属

望一望奔流的方向

子曲和西双版纳

犹如一袭蓝衣上的丝绦，绵延无尽

清晨，请打开橄榄坝上雾气氤氲的窗

朝阳下，我不同民族的姐姐

今天一起朝着一江之水

朝着母亲唱一曲飞鸟的传说

活着的高粱

以梦为马，是你年轻时候的事
离开村庄，离开供养多年的庄稼
成为一名园艺工或搬运工
夜晚，你头顶的星空就是故乡的星空
你的忧愁就是一杯烈酒的纯度
黑暗中的酸楚足够稀释孤独的影子
冬至刚过，仿佛是你年老的前奏
庙门口的钟声一遍遍敲响
枣树提前挂果，提前枯萎
你对乌鸦和蝙蝠心存善念，它们或反哺或哺乳
没有草原英雄的豪迈就做一个有柔情的小人物
活了一世的奔波
此刻才像一个归来者
一棵高粱会在风中低头
但依旧挺起倔强的胸膛
多年后，看到镰刀和植株的交割
仍然为一个弱者感到生疼

刷　树

此刻，风静止不动
于行色匆匆的脚步中
我们把对神的祷告隐藏在高处
所以一点点地积攒
一点点靠近
一个个皲裂的口子
由雪或者尘慢慢填补
人人都有两把刷子
一把在世俗中粉刷涂料避免虫害
一把在高尚中粉饰太平
我们尽量避免绘画和歌唱
给一棵树粉刷如同点燃一炷香
林深处也有烟火气

春天的名字

一个碱性的名字
可以是蓝色的天
天底下成片的绿和蠕动的虫
祖母仍旧在犁铧的土地间种植
如同掩埋一个尽人皆知的秘密
过往的岁月平凡到靠近黄土地的颜色
清冷而略带潮湿
碌碌狭小的间隙漏掉汗水和坚韧
与土地一起长成一片青纱帐
孩子们会在其中诵读——
每一个埋人的地方都曾是耕种的地方

五月的樱桃

花期格外短暂，相比漫长的成长期

樱桃好吃树难栽

五月，和异乡和整个世界约定

忽略漫山遍野的粉

在墨绿的叶脉中孕育由绿变红的秘密

你有一个迷人的名字——樱桃沟

狭长的走向，像和风谈吐一样聚拢吟诵的才气

此刻，山里人眼中的红色珍珠

一茬又一茬成熟

好比蜡树上落下的泪水

心事繁重时

一颗一颗以命的绝望

仿佛我们即将偿还的债，一年一度

经过故乡，经过祖父的坟地

部首回想录

越是靠近回乡的路，越是手足无措

四月只剩下鸟语花香

田间劳作被指作星星点点之缀

俯视，汗水和播撒的动作缓缓挥洒及蠕动

仿佛一西一东的标点

把所有无奈都当作一年一度的收成

靠天，沙石间坚强地生，一株麦子或葵花

无须担心交通或掮客讨论的价格

总有些和睦依靠语言和血

我把那些似曾相识的字一个个拆开

部首散落，夜晚它将成为摇动启动的农用车

带我们穿过田埂、石桥、蛙鸣

此刻，我们就是天下的主

那些甩也甩不掉的偏旁，长成我们身上厚厚的甲

芥菜世界

只静静地伏在地上，听回归的汽笛
如果属于三月，让青黄不接的饥饿复活单一的颜色
简陋的铲子，带着寒铁的锋利
在逐渐回升的阳气铺洒的浮尘上，绕过石子
割断生死留恋，露出乳白的汁
那时，你尚憧憬远方山峦仍未融化的雪
思念朴素的名字犹如思念你顽皮的女儿
一串非信仰的念珠，在树冠和摩天楼之间摇摆
我们的乡愁找不到一口值得渴望的水井
雨后的河水贩卖历史，如同开闸后的逃离
矮矮的根叶依旧留守
所有细绒，除了借光还向夜晚招手

饥饿的影子

柔软的沙粒，甚至柏油上的坑洼
都能将一个完整的影子割裂
在秋天，影子是生长的
拉长的落日，悠远的灯火，迅疾的闪电
除了人，还有鱼，乃至结绳记事的疙瘩
退居于光后，影子说它的诺言——永不离分
传说，有点收成的味道
我的先祖英武
一条长龙枪的影儿灰暗，子弹出膛的瞬间
对面的黑影应声落马
有关饥饿，不只是身体里的某个记忆
也是知耻之道
寄留在你心头的分量，此刻
影子仿佛潮湿的棉花，一点点显露脾性
灼热的字体，会描摹伟岸的主人公
一双对着香头练习的眼睛
会慢慢褪去仇恨，给每一片绿叶安一个诗意的名字
等冬天迎来春天
一座城，从古至今的繁衍一成不变

回兰州——兼致刘年

黄河铁桥仍在

闯进夜色的人必定吃了苦头

干粮袋空了，水壶干了

四十多天的路程

经过炎热、泥泞还有残雪

赶路者从南方来

代表一节甘蔗或一个栗子

渐渐靠近一棵甜菜

风很大，秋天很长

他说出门有路

说走就走，很长时间只能自言自语

偷听散布在营盘岭的回音

马达和心跳同理

需要泵出燃烧的余烟和过量的热

需要听到言不由衷的赞美

有时一宿无梦

天亮前，写诗和赶路同理

都需要渐渐地抵达

你来了？路人都要问一声

如果在兰州

请等我，一只羊

还有一桶温着的酒

立秋赋

今天，在一个叫白银的地方知晓分野

事关秋天伊始，和从前道别或永不相见

天空在慢时光中变高

落日，渐渐发黄的树叶，锈迹斑斑的铁环

仿佛一个陌生人，经过这里又马不停蹄

走向高原

银杏会假装成菩提

每一次的摇摆都谈及跋涉，艰难的文字

不期而遇的人

之后说起农事——歉收的菜籽，还没抽穗的玉米

所有的愧疚，此刻和一盏茶交会

等待昼短夜长

地图上的三声枪响

如果只是一个诗人

用文字攒成子弹

野火烧不尽

所有塌陷都曾是一块失地

鸡鸭鱼、牛羊和诸多献祭一般

蛇蜕下华丽的皮，无辜者亦不能幸免

煤的黑心始终燃烧

研墨，书写，一封家书

我大概能说出二者不可名状的相同之处

颜色与真诚，即使一座城空留寂静

铺开江山如画

江河湖海，甚至千里铁道须臾即可到达

我不忍在春季狩猎

三声枪响，两地流离

应声叶落，故土的天空

少了几颗供祷告人寿年丰的星星

一只牦牛的理想

如果没有一片云

没有一镜湖

白色的牦牛

仅仅低头饮水，赶路

不会知晓头上的角是黑色的匕首

拂过每一根野草的生疼

不会知晓人和这座城的神秘

飞鸟只是个打前站的信使

我的溢美之词暂时收敛

把一堆火和弥撒相提并论是对主的不敬

绕过磐石枯树

蹄音好比一面鼓上落下双槌

今夜何处打尖，不能错了宿头

沿河而栖尚不能与鱼一诉衷肠

活着是一道风景

死去，也要高傲过头顶

晾晒的肉干中正直的魂走遍敖包

相约一世，醉了兄弟

也要还我山河

磨刀石

最先回忆起，是"磨刀霍霍向猪羊"

兄弟之情重于

殷红之血、锋利之光

一块磨刀石，暗暗通向匈奴时代

如同马鞍，往返，只在家和远方

战鼓通通，征战把粮草和将士的习性来磨砺

火把照耀，儒雅之士会问及磨刀和研墨的差别

一本书力透纸背

记载某年某月荆轲刺秦

河水泛滥，老马会沿着宋朝的月光回营

修养锐气浩然之气

大司马与征夫仿佛千年祖例

这磨刀石和一把弯刀何尝不都是月牙下的伤害

也是相互成全

一千只粗糙的手

今生只顾度人锋芒

致故乡

我用所有的办法热爱

悲哀的，高尚的，卑鄙的

如同一株隶属于百合科的植物

让所有遇见都幸运地发生在春天

你所不知道的，弯曲的路

荒芜的盐碱地，映天的沙涛

低矮的老屋，陈旧的九宫格窗

都是我在一封介绍信中欺瞒外界的字符

十九岁那年，你把所有心事摇落

却没有眼见为实的丰收

多年后，我和你都习惯听"回来了"的招呼

听说下雨的异乡会飘洒童年的味道

即使心中供养僧道

也数不过来究竟哪天该让信鸽送信

当傍晚倦鸟归林

当提起故乡，我们仿佛水手

这一年年受风受潮的伤疤

又开始隐隐作痛

我且画一柱高过屋顶的烟囱吧

再给一道熟悉的菜命上陌生的名字

盗火者

风再次吹干海水浸润的岩石

如同烹饪

从最简素的角度寻找灵感

这古老的记忆和你的反抗格格不入

一副镣铐就是铺撒在你身上的藤蔓

天生的书画家啊

你迷恋火的色彩重于宫廷的尊严

你偷了薪火相传的希望

偷了酒和整个春天

任你的帽子变成老鹰住进心脏

你用手纹交织成网

先收纳落日、剑和盾

还有美和智慧

这个夜晚，你只想和无数浅草沉醉一场

和黑暗中的低矮眼神在一起

等一声又一声号子响起

桐木和楠木尚在沉睡

你从十面埋伏中突围

长成整个烟火人间一株不闻外事的高粱

藏匿的姓氏

一座桥一座山是一个分界
形形色色
听说北方有高原
适合供养我身体里的异族
你在铁树上拴着一条条祈福的红丝带
像极了分娩时的胎衣
你的手来不及触摸
一个愤怒的姓氏
随时向被解放的奴性和如痴如醉的奉承
和盘托出告别时的宣言
母亲的门高悬
所有人都在茶余饭后谈论一个缺席也倔强的姓
只有她在黄昏还唤着我的乳名
我们都不知道，江湖游医再次来过
一本百家姓翻了又翻

一座城就是一个春天

曼陀罗花照样盛开
一座城，甘做一世樵夫
以一座廊桥画舫
垂涎所有白墙灰瓦后的暗角
我以莫大的同情
向只开花不结果的蜡梅
索要过冬的粮食
我也学会在这陌生的水乡
播撒火种，嘘寒问暖
雨水的节气
多像一个逃逸者隐藏了关于水所有的秘密
我不会吐露我对一座城、园林、林中的花式不一的窗
一览无余的爱或恨
阳光下，即使一万年
它们也在走向死亡
我只是委婉地让你知道
所有辩解春天后的借口
包括水上渔火，是我无法拜月后留下的印信

酒　曲

很多朦朦胧胧及误会

会纠缠在这里

譬如杯弓蛇影

譬如去日苦多

煎熬于哪一种接受的阳光最多

我们会以年轮的身份赎回

自耕种到收获的粮食最醇厚的一面

撩开阴晴和尘封的封皮

一滴酒会融汇多少汗水和炭火

释放心中藏锋的闪电

约一帮过着二流生活的智者

他们开始祝酒

一个春天该有的动作

你所不知，一个叫杜康的将军

仍披坚执锐，在采撷的岁月

把一朵沉醉的浮云推了又推

一个柿子的告白

残存时和大地最近

一部分是红的皮屑，一部分是黑的灰烬

常常被想象成灯笼

爱情故事跌宕起伏

这样，一棵树和一根火柴亲近联想

它们是在放肆中燃烧时

进入你的视野你的手掌

节气如同我们这个时代的节日

度过白霜

柿子，只在这红尘中匆匆一瞥

我所看不见的

你褪去光环的落寞

也蛰居一个信徒的业

所有烟尘，都是自我回归时飞翔的祈望

可能，今天一个以梦为马的诗人

会把所有诗句挂在一根树杈上

阳光只比月亮晚了十二小时

所以该说一声：姐姐，我很想你

美女蛇

一般都是一个报恩的故事
南宋的容颜，杭州的瘦西湖
轮回如同种植的因果
某府的点漆大门内仍留着你侬我侬的情话
光阴易老，书里的写意只通过忽明忽暗的甬道
美女蛇，一起经历清贫
雪天，不吃油腻的火锅
冰水中淘洗，灰尘和阳光
一样不能少，绘画，诵诗，假装浪漫
痛苦的妊娠，一件布满裂纹的瓷器才更珍贵
一千八百年修炼，只愿君心似我心

给父亲的赞歌

炉火还没有熄灭
迟迟听不到那熟悉的脚步声
我多么希望你像个猎人
呼唤自由的风
以起茧的手张弓
甚至追逐腾格里的日头

而今，你背负行囊
仿佛一个盗火的贼
脚印串起整个麦场
这是你的版图，无论晴好

你只是一个平民的王
或深沉　或暴戾
用你健硕的臂膊和坚实的藤甲
为几棵幼小的糜子遮挡风雨

你说，细细咀嚼
这里有最大的快乐
最大的悲凉

历　史

站在樽酹的立场

我们从公元后追讨到公元前

一些骨头重新复活成为摇橹之人

有时，一元的地下船票

也诱惑不了逃荒的人

他们，靠着诗歌仍滞留渡口

他们偶尔讲到夸父和桃林的故事

讲到盛世修史，时而沉重，时而晦涩

编纂者的耳朵会长出倔强的藤

它们，作为预言者告诉后来者

无数生民只是栽种，收获群象

一粒沙，一块石——

是我们早上前去东都的马车遗忘的地名

黄钟大吕如同一个红色口袋

七月的风雅颂、楚辞

和一只天狗相约月圆之夜

有记载的地震

或许是一对蝙蝠俯冲时浑浊的叫声

稗官野史外你作为留白

好比一块舢板，在大海里起起伏伏

偷渡到现在

春天，春天

我记住你说的，"野火烧不尽"

一个雨点会催开一朵花

一座村落会收留所有为光走散的萤火虫

步步为营，豢养无数放纵

雨水照例滴答，和风拂面的假象

让所有猜测点绿叶蕾

甚至成群结队，匆忙到来不及道别

我倾向参与月夜争夺后的分赃

那时，你会寄宿在一个没有灵魂的金甲虫壳内

把一切自由的飞翔赞美

时年过往，我观望的幸福绝无仅有

我担心，一本书里的竹子

会夺去桃花所有的红

一个人的春天，正由此启程

一座城的春天

经过那层层锦绣

一本书开启的春天

落款：时间、地点与人

沾染读诗的灵气和人间烟火的浪漫

火一样燃烧

丑时

我掰着指头掐算

羊年，为孤独的人点燃一堆柴草

扑闪扑闪，如同夜空中唯一打开的窗

是谁，把落雪点缀在枝头

赞美你

不止低头浅笑，带走所有相思

今年，三月延长的花期

爱情自远方姗姗而来

磨山，东湖，三镇，四大洋

我只取一朵白云、一瓣落花

和 78 棵樱花树，向着故乡修行

听琴琐记

轴线断断续续
一只蚯蚓的世界
韵律张扬

汴京北向
曾有大将五百
泥水中亢首高歌
中秋满月，弹指一挥间血肉模糊

余音缠绵
一条着蚯蚓肤色的鱼
穿过夏荷，寻那场征战中的马蹄铁
寻沉沦的圆月
寻山乡落寞的号子

饥寒交迫，我拿厚厚的铠甲和军粮
换你千年马头琴不离分
秋叶萧素
一字一顿，自然亦我身躯

我只是一个孩子
信奉山竹成长的攻势

头颅埋在沙棘中
让根部裸露
蚕食一千年外的阳光
蚕食世故

坎坷山河，仍留上古余韵
时光时光，可再重新来过？
我只想把我的琴声绑上战车
车毂交杂，碾碎失地

火把下
北宋历史下沙一般
断念成灰

今　夜

让风肆意凌虐
让睡意沉落
雨声依旧习惯性地做个看客

今夜，我只生活在京剧里
一改往常旦角戏份，咿咿呀呀
提花枪向东
三百部首换我十万俘虏
以浑厚的武生唱腔
行云流水，逗唱一曲哀魂赋
字字珠玑，攒积满河愤怒

向东，向东
过西川，取潼关，横跨幽云十六州，辽河远望
河堤石栗，空有灵魂
头发是散落的琴弦
额头是斗大的墨宝
嘴巴是翡翠茶碗
只有鼻子修长
犹如对视抚弄的箫笛

风吹柳梢

清脆的鼻音外
《广陵散》再番和鸣

这漫长一夜
我和我的俘虏
都在红月下化成
聆听历史、仰头思归的石狮子

唯有京剧曲目
以讹化讹，传唱两百年

你，和你的女儿们

猩红热唱山歌的老者
将学唱的画眉
挂在七水回绕的桃树下
仿佛砍柴的斧子
独自开刃

听着你笃笃的脚步声
仿佛从儿时起
你垒过的沙子
从你的脚底发育
成为一匹烈马
躲过一夏的热
毫无顾忌地钻进秋天的红高粱里

午间的列车
靠窗的空气即将衰竭
一个瓶子
只能盛装一颗会呼吸的头颅
故乡的愁，一夜之间
全部泛起酒窝，说起酒话
一夜之间
月亮成为能说会道的媒婆

你的女儿

拆药包的小女儿

手里正种着杜鹃

是啊，在夜空的星辰上种着

如是虔诚

你的二女儿嫁给了诗人

整天在故纸堆里拣字

码成迷宫

你的大女儿鞋匠

她的眼睛是两条路

多少双脚在这冰潭口行走

她的体味，有乳，有汗和盐

有沉重的过去

她爱着一切男人

你，妻妾成群，女儿成群

向左的囚徒成为月亮

走过晋、南北朝的热风

唐和宋的肥瘦

给父亲理发

（一）

海岩是一只安睡的猴子

孤独地蹲踞在沙滩上

阳光仿佛一把锯子

墨绿色的如撑开的军帐

酱黑色的是海水影子摩挲的岩基

颤抖的暴风雨就这么轻佻地来了

波动在蝴蝶起飞之后

面目，绝不狰狞

穿起两个不同温度的线头

利刃在欢唱中一路前行

正如比赛的皮划艇

白色浪花被甩在午后

没有观众的演奏

注定孤芳自赏

来来往往

却不为名利

这一片江山

只高悬"家和万事兴"

（二）

像成熟的麦子
镰刀和光擦肩而过
麦秆一垄一垄倾倒在大地上
仿佛受了委屈的幼子扑进母亲的怀抱

一季的风、雨
无奈挡住成麦的欲望
分离，以泪或白雪皑皑

拉麦柴的拖拉机轰鸣
冬季土炕的血盆大口
仿佛吐一个潇洒的烟卷
留下余温
打麦场上扬起木锨
风滤出优势的种子
随时准备继续生长

黑面，来自贫瘠的麦田
通风的磨道，深夜大风中摇晃欲坠的灯光
——有人家处，赶夜路的可暖心
有人家处，带希望去
也同希望归

（三）

这一抹儿的山包
祖辈发生过正义之战
血脉中传承忠勇
因为对麦子的爱
这里埋葬着祖父
埋葬着野枸杞和几只倔强的山羊
这里曾在一个火光映天的下午
几个农夫讨论麦秆和树叶的珍贵性

的确，这里的故事
和沙丘的风景一样，很长
一眼一眼望去
仿佛麦子
一年又一年
发芽，生长，死亡，落肥
撒埋的颗粒，仿佛偷生的岁月
一个个复活
一年
又
一年

梦回鼓浪屿

不是传说的南乡
却像是凤和凰的争吵中
遗忘的一颗蛋，浮在水面上
突然开成了蓝色的野花

飞机从我这里，画上逗号
在你看来，是疑惑的问号

这片土地，是那红字法师经袍一角
沾着柔和的晨曦、熏香
和你的性格
钟声是你遗漏的婴孩
木鱼关着你我的爱情

四进的院落
曾记住这里
一只猫也慵懒地幸福过
也和一群八哥谈情看余晖
榕树婆娑，一如你年轻的脾气
倒垂于地的枝条
仿佛我干瘪的发梢
那时，我以脚为头

拇指是我的眼睛
肚脐是嘴巴

这里的海，正焦虑地长大
陆地，正在下沉
文化，像个小孩子
以戏曲的方式告诉聪明的女儿
过去，掩盖茶碗光芒的过去

眼镜姑娘的绝技
在京剧唱腔中
出落得像穿过我嘴唇的油脂
像这村庄里
母亲手中的镰刀，尚在长高的青苗
灯下的雨衣、针和线

我以为，天是倒悬的海
轮渡中追逐的白浪
轻的成了云
重的降成雪
来自祁连有油菜花香的雪

阳光，是你给我的微笑
清新的味道
是你煮沸的甜言蜜语

海面上的航标
仿佛丛林中飘浮的树桩
我和你
曾面对面坐在那里
一宿不眠

夜晚，灯火懵懂
仿佛一只衰老的狮子
在岸边洗浴
眼镜疲惫
眼神中有远方流淌的生命
那晚，我听到了母狮子的怒吼声
我听到了婴儿的哭声
海浪无眠
仿佛南普陀寺呢喃诵经声

如泥土的爱

一、麦子

七月，我亲爱的母亲
这是你欢愉的时节
梦一样地甜美，那儿不是隆冬的流浪
期待着雪域，然后守望成长

你用那推动石磨的苍劲的手臂
轻抚着我针芒下闪光的金色波浪——
不由自主地，叫声我同根的姊妹

比我的发梢更加亲昵
就像孕育我顽性的生命一样
在你企盼的眼神中
谷神给干旱的土地赐予了一次丰获

麦垛、圆场、矮墙、斜坡
哪一个不是你柔情的怀抱
流水逝去，这是时间里最饱满的怀抱

我不知该如何倾诉我的衷肠
时光和着风，还有阳光

刷白了我纤弱的枝身
同你那斑斑发鬓

我吸吮着月蜜，我披拂着银露
不会遗忘，那茧泡下流溢的血液
精魂一样，多少次井口汲水的凉意呀

割刈的声音
那是四五点钟就开始争闹的童心
这奇崛的力的撕咬呀
同样依眷着麦香一样的柔怀

在你炙热的母怀中
我贫瘠的梦想
砥砺风暴寒雪，变得比呼吸更深邃

我的身世，从刀耕火种处萌发
同样因袭着先祖母性的英魂
你弯腰的那一刻，母亲
我又一次守望这深沉的土地

母亲嗬，你那狭长的庄园
正如一座小小的城墙
紧锁着舍予无尽的爱
如若我心感受这般圣洁
我将对你无休止地朝拜

二、老路

就像纸鸢的纤线一样
从你的心窗中滑到村外——
这弯老路

你从不愿承认
这，是你
用希望交换的一次入口

绵长的老路呀
打上了千针万针的补丁!!
不止一次的深情叮咛

有一个游标
在路面轴线上悠晃
却总是走不出你深邃的瞳孔

古朴的老路
覆盖了你的世界和眼神：
又一个枫叶红遍的时节

被夕阳压扁的
不光是这疲惫的路基
还有你深忧的心

当远离或归来的时候

弯折的轨迹连带起来——那条老路

泥土尘埃下，母亲一样的路

三、给母亲的雕塑

我决心占据一个空间，来精雕细刻一尊塑像

在我心与心的权衡中，没有阳光投射的影子作为标尺

你，本身就这样厚重，无论你在哪个方位

一次次的眷望，对于塑像，对于你

都是我拜献的神情

暗绿，比附着我的眼睛

让我颤抖的镌刀更加凝重：

差不多流着同样苦涩的泪

沿袭你岁月的细密纹路滑落

连你曾经娟秀的发梢，也让风剪得如此凌乱

这暮间的风呀，日子都被扫得苍白

这样扭曲而扁长的轮廓，载着的是一部深沉的历史

让冥想者驾一叶孤舟，寻根溯源，没有人会发现：

思考，本身就是沉痛！我该如何去膜拜你的灵魂？

我的一次又一次质问，都被深深驳斥

影壁上褪色的浮雕和向东的残缺的神位

都给我残酷的理由：从来的地方来，到去的地方去

就像水，寻找自己圆的归宿，穿行于云间土层

即使，我把心当作刻刀

那尖利的一端，也不足以让这伟大的魂长存

我，没有那个哲人化哭号为狂笑的胸怀（庄子丧母而笑）

剩下的我，只能蜷缩

在自己织的忧悒的网上

为你追诉　找寻幻影

可是，当幽冥的日食划过

你的眼睛为什么会满浸石泪?

四、父亲，麦子人生

那个夏末，父亲保持沉默

即便邻地的农妇吵闹不止

那是麦子收割并死亡的季节

谣传父亲烧麦秸的时候没有考虑风候

父亲深爱着这片麦地

下雨的时候依然灌溉充足

父亲的麦子，有着风一样的生长速度

颗粒含情，和他干瘪的脸一起祈祷丰收

熊熊大火，在涅槃中新生

燃烧麦秸、麦穗和奉献的情怀

父亲的火柴，在风中熄灭

又复燃烧，他吸烟的时候，和现在一样深思

麦垄上的杨树，在风中扶摇，浓烟，火势
哔哔剥剥燃烧，也将残留的种子烧化
父亲惋惜的脸盘映着火的热情
心境旅行：背着手，在仅有的田间小路上踱步

父亲和麦子的故事，开端已然淡忘
只听说麦子成熟的第一年
他结婚，生子
开始了扁担挑成麦的人生……

风的转向，也燎到杨树
枯黄的叶子代表一个生命的衰竭
这出乎父亲的预料
为一片生机的口舌之争像火蔓延起来

火扑灭之后，残留灰烬
从一个终点开始下一个起点
父亲开始了又一轮等待
在黑色的残存火种的地上，留下脚步和一生

味道系列

　　时光，仿佛哈哈镜中的微笑，仿佛这些年提笔描摹的爱情，余味深长。

一、童年

沙漠边缘的小村庄
是一条鳄鱼
贪婪地顺着阳光、河道
漂浮了几代人
祖父在这里安家
父亲在这里老去

池塘仿佛一块柔软的画布
兜底整个夏天
却漏了一点儿蓝
和几只金甲虫
未上色的颜料
流淌成渠

这延长的炎热
穿过低矮的墙洞
穿过漆黑的水塔和深井

搭上向阳而生的蝙蝠
让水的倒影和繁星
呼吸，拥抱猝然升起的热量
改变在这片荒凉上欺骗的面孔

我把童年埋在那棵受过箭伤的杨树下
这是唯一一个与天堂对话的地方
树叶如掌
成了海子的心脏
聚在枯干的枝丫上
零零散散，沉落如血

回头，回头
所有年华欺瞒精彩都已跑路
像几条流浪狗
在预知未来后幻变成云
吉凶何如
野枸杞无花有果
沙涛映天
只结出一只跛脚的山羊

二、爱情

　　　　我所说的故事，自祖父的童年开始发酵。

眼睛，仿佛汲水的井
在荒漠中

孤独地望天，望天

沙虞王的坐骑是一条长长的沙丘
太阳是华盖，星辰是挂饰
枸杞，是将飞的翅膀

体恤这里的子民
就像他们初在腾格里边缘安家
沙枣树憋闷地成熟着
水蓬用尽一生的力量，攫取着水、水
火器，流动着光，四溢横飞
芦席倚仗闪电的余波
蛊惑地母围着圆盘式的沙滩
变成一口只出不进的锅

沙虞王后摘掉戒指
让她爱恨悠悠的戒指
一只公鸡以小脑献计
自甘溅血止灾
那狂风漫天
惊恐的老幼只看到裹挟的红布
像红色的蝗虫席卷而来
——我敲碎翠绿而坚韧的牙齿
一些沉降为金花银花
一些溯流而上成为顽石
只为短短五年牧马、繁殖的平静

王的泪水，春季为雨

夏季为烈酒，秋季为寒露

流经蓄水的陶罐

冻化成银白的米

王的歇斯底里

海浪一样，在沙堤生根

经络暴涨为红刺果儿

让蜂蝶相引

攒着野花，飞降自如的野花

带来一座衣冠冢的念念不忘

一线泉

闭上眼睛，浇开甜蜜的红果

拜谒神庙祈祷巫术时

苦涩如烟

我在牧童时偷食果肉

也在弱冠时苏醒于闹市

几个互市的人常常议论

我如马鸣的呼吸

打铁的手语

无尘的脚印

仓皇的眼神

仿佛消失在迷茫森林中的沙虞王

光渐渐隐去，牧童的家

火把正旺

一个故事

发生在冰凉的睡袋里

三、这土地

这土地上

孩童喜欢半裸身子靠近沙子奔跑

我哑着嗓子

仿佛太阳从这里升起

深水库的咸鱼

正一天天长大

一天天迎向滚烫的盐粒

闪光的铁器

木棚下的羊只

似乎读懂麦子的腹语

从岔道口依次踏上他乡的火车

我拿着卷曲的笔

一笔一画勾连归途

游子的胸腔嘶鸣着烈马

倒不如一只疲惫的老骆驼

早出晚行，不食脚下烟火

这土地上的鸟
有的痛苦地沉吟
有的以血啼叫
其他的则偷啄沙枣和枸杞果子
血色的眼睛里盛满整个夏天
一片林子一片林子寻找

水库旁的泥沙
离迷路者越来越远
一只脚踏在秋季
等黄叶散尽才裹足前进
过膝的水波，掩埋了月光
混沌中沉醉

继续走向灯火，走向几座瓷房子
那没有尾巴的狗
好像应门的书童
风沙即停
鹅村，偏离十七度

这样走，度过荒村，上一道沙梁
从一座门进去
见流血的鱼、衰老的马、健硕的骆驼
关上另一扇门
隔断会唱的羊

蹲守在羊角上的寒号鸟
敲门声碎了一地
几个人谎称归人

一股咸腥从脚底到舌根
没有人告诉我
从这土地上出发
我一直走在
一只盲狗的肺中

四、衰老的祖母

听故事，听故事
穿过漫天星辰的夜空
长着猫耳朵的菜畦
会蠕动的青皮核桃
摔倒自己的陀螺
悻悻地做回小孩子

杨门虎将从这庄园外
像一个个囚徒
缚在煤油灯闪烁的火苗上
让乌鸦啄着复又长出的眼睛

野菜花的春天
迟疑不决，从黄沙地到灶台
剩下鲜艳的，倒挂在温顺的羊肚子里

到达秋天

姜太公垂钓逃生的仔鱼前
一刻不停种植青麦
驴子磨下面粉
那一晚，石头砸了祖母忧思的脚
渴望姜子牙止血
祖母哭了一宿
转瞬成熟，苍老

牙牙学语
三国志绣像飞扬跋扈
赵子龙忠胆矮铁枪一头
满地跑的红缨子
偶尔随着北风习性
轻浮地沉淀为彩虹

酱黑的吊锅
舔舐的火焰
阴谋烘焙羊乳——
白云哭泣玫瑰时溢出的泪水
腥膻
是一场温馨的旅行
父亲和祖母眼中
那承着一路童年的乐土
只是，记忆的门

在长大的路口，逐渐走散

让只言片语的西游
带走一个追逐约定的蒲公英
让祖母的剪刀、时光和梦
慢一点

忽而发现，三十年来
躺在枕边的西游人偶
一夜之间
全部复活

五、牧羊

天空蓝得像一面安静的镜子
黑猫在那撕开一道口子
沙子，雨一般忘情地下
刚孵出的喜鹊喳喳
有远客来，有远客来

炊烟的屋顶
牧羊人渴望的奶酒
坐在火上
正如一个女人坐在盛开的莲花上

镜子是冬天的嘴巴，是道岔的门
所有传说紧锁

一动不动的，一棵会亮灯的桃树
牧羊者，他的羊群
空空的秋千架
一动不动

两条铁轨横跨这方热土
好似一座天梯
一只会说话、出神的头羊
在最后一阶
隔空向上苍稽首

狗喜欢牧羊者的毡袋——
一起生气长大的桃子
那里，乳羊妊娠的体温还在
偶尔搭救从鹰爪下逃离的兔子
受伤的哀鸣
像月光从沙漏中来
牧羊者的土地
绿叶是脚，红枣是头，黄沙是肚子
从这里私奔六十八年

一些受了神明诅咒的人
被安抚在这山坳里
风吹，落沙
哺育羊儿

旱烟在秋风中自燃
像盗火种贼的眼珠
生涩的味道
齿剪和着羊绒，如雪的羊绒
收获一个公道的价钱

废旧的轮胎和松枝架成十字
一说谎就填满水
眼泉里那奔突而出的水
来不及说话
放满回家烧火的黑野柴
就像盲人的辫子

这是冬季
羊群不再围拢避热
不再走那磷火燃烧的坟地
不再担心剪毛的半柄剪刀
成为利刃迎向喉头

此时，一粒尘埃
承着生命落定，整个世界
只是羊，羊

离开小北门

没有沙尘的风
有青山、绿水
一座灯柱却烟熏尘落
飞龙盘踞，须根仍在

十二年，我和兄弟们简以聊饮
偶尔，我们是快乐的
那株歪了的树，我常在那里思考未来的我
更多的时候我们沉默寡言

你说，今晚我们看到的天和树
明天就不再是，就像他们同样看待我们
是的，那以后，我将吃剩的油籽种在树下
任雪漫落，任雨浇泼

那年，我离开小北门
离开了这一脉汉水
有时看见灯就像看见一个熟悉的小沙弥
在树下祷告
我，不再是我
正是那一天天长大的油籽
坐听禅音和错过的兄弟们

汉　字

三千甲士
铁骑横扫中，血肉模糊
依旧铁骨铮铮

沙　画

聚拢离散的尘埃
光和影扮靓分岔口
手指成为主顾，轻盈地路过

钉秤手艺人

钉杆方寸间锱铢必较
我的刻度
计量你柴米油盐

绞　脸

点与线作为绞架

平原风紧

对追逐自由的牧草判以绞刑

捏面人

拿捏，修剪
你以粗糙的手为画笔
描摹丢失的童年

铜　匠

咂摸温度和流动金属的爱情
作为后来者
酒说铜壶，肚里有话

锉刀磨剪子

将偏色的人生污点
置于磨刀石上
吆喝声中焕然一新

爆米花

炮弹声落
你在如花绽放的年华
舍身成仁

麦秸编织工艺

几株麦子
在经纬交错中
继续抽穗成熟

吹糖人儿

笛箫吹奏中
唐三藏师徒四人
重整衣冠礼佛取经

纳　鞋

一步一岗
沿护城河围城
囚禁阿喀琉斯

蒲编工艺

巧舌合纵连横
将前世今生的孽缘
打叉盘结

砖雕工艺

钻子、刨子、锯子
让我烧焦的内心
以脸谱的形象重新复活

老扎匠

抚弄琴弦

广寒宫做客后

私逃的月光从你手中涓涓流出

油炸馓子

身先士卒
一元的地下船票
沸腾中舍身成仁

补　锅

女娲娘娘的门徒
五色石外冶炼
堵悠悠众口

刻　章

尖口刀和平口刀下
人
立在方正间

蜘　蛛

任十万火急
中军帐内悠然打坐
万物皆由我道门生

露　珠

饱满的颗粒盛装宋的清瘦
尊严不可悬吊
我决心在被俘前跳下山崖

裸身纤夫

一条脐带，给我力量和供养
五千年，从未和母体分离

别故乡

故乡的脚趾
再次刨出笋尖
随身的笛子，奏一曲《阳关三叠》

货郎担

挑起满肩的诱惑
走街串巷
放下——人潮中心

楚大夫

我的耳蜗降下蓝色

一个渔夫祭拜一个诗人

今夜钓竿沉重，咬钩的是一本宋版楚辞

曲　阜

头枕冬麦
醒来周游列国
一个图腾锋芒毕露

玉门关

玉门关口
挡住我们的匆匆
和齐腰落下的春风

蒲公英

秋天的宣纸
趁风起时
羽化成仙

秋夜的蝉声

秋夜的蝉声
青灯窗外
呢喃诵经一宿不息

朝　拜

一声钟，一个音阶
无数信众
望空门朝拜

礁 石

沉稳的老者
潮起时无数儿子扑向你怀
潮落时抽空你所有父爱

参 悟

和禅一起参悟盛夏
钟声彻响如洪雷，雨还未落
我仍居住在一粒潮湿的念珠上

皮 影

一双手提吊几张皮囊
幕布后豢养灵魂
糊口的灯影，清瘦如柴

附录

诗歌评论

用我不灭的心灯检阅诗歌:
在理性中探索现代诗歌美学

——关于黄保强诗集《提灯者》的理论分析

苗　洪

　　就我个人的评论维度或谱系而言,黄保强的诗歌,是我非常乐意评论的诗歌。他让我从诗歌文本中看到了一个更加深刻的诗人境界。我想,他是一个敢于在诗歌世界探索崭新诗意的诗人。他有能力在一个几乎被所有诗人都探索过的乡情、乡愁、人文主题里,去做一次更加深刻的诗歌写作。他在用诗歌检阅灵魂的同时,也在用他不灭的心灯去检阅诗歌,用他并不张扬的平凡主张,来为诗歌做一个崭新的定义。诗人既是医心者也是疗心者,他把我们引入了一个用沙漠、风、雪、羊等元素包裹的灵魂世界——那里保留着他永远不能忘却也永远无法解开的灵魂密码。

　　首先,我对黄保强诗集《提灯者》的出版前期准备工作基本保持比较满意的状态。其编排齐整,风格趋近,主题鲜明。关于整部诗集的宏旨概括、诗意阐发,著名文学评论家、诗人高晓晖老师在序言中抽丝剥茧,徐徐言尽。高晓晖从建构的角度,完整解释了黄保强诗集的主旨:以诗引路,照亮自己,发光发热,照拂前路。这是一条相隔数千里的回溯之路,是一条眷恋反刍之路,更是一条承载风物变迁、赋予人格化充满阳光之路。高晓晖先生说,诗集中有两首诗关涉主题,一首是《弥生》:"八千里河山/

倒春寒如同一种冒犯/提灯者结束结绳记事，向东相遇更早的阳光"。《弥生》中的"提灯者"，与拓疆者更接近；另一首是《灯火》："今天，我们在最近的酒肆/听抚琴或钟声，曾经的飞花字句架成琉璃/落雪的黄鹤，等到白头/1700多年，提灯者互道兄弟/隐去名姓/至今仍在绣像中掐着归期/任浪花，任浪花冲刷脚踝"。虽说提灯之意不同，但光亮所传温暖人心总是一致的。应该说，与其他相比，高晓晖的序言以更加贴近诗歌文本的形式完成了分析黄保强诗歌的任务。就序言本身而言，也有一定的理论高度及创建高度。

而如果说，我们一定要给黄保强的诗歌做一个理论上的定义，那就是，站在人类生命、死亡、博爱的纬度，去定义，去写作，去完成用当代写作重塑诗歌轴心的探索之路。在某种程度上，我们可以把黄保强的诗歌称为一次辉煌的探索。他用甘肃文人特有的人文情感，完成了这次高级探索。作为一名十年砺剑的诗人，他"回归的渴望"之烈之深，决定了诗学表达的遣派动能，并于具象的表意的故土升腾成共同的家园和情怀，这种理性升格促成了他的诗歌探索之旅。总之，他是属于那种理性至上的诗人。而与此同时，他这次收录的诗歌，也达到了理性与诗歌的完美结合。他自己也认为，他在诗歌的创作结构上，经历了从单一结构到复线结构或多线结构，再到单一结构的过程。无论如何，这本诗集呈现出他诗歌地理的唯一性和特色化。

其次，他惊叹于生命的神奇，也惊叹于用血缘组合的浓厚情感。他渴望在诗歌里叙述一个他从未走出的启蒙世界。那就是说在他的童年记忆里，肯定曾经看到过一束能够让他燃烧一生的能量之光。而这束光芒实际上却是极其微弱的。很明显，在他这次收录的诗歌里，他并不打算去做一些非常清晰的记忆再现。他只是希望客观地叙述那些他依稀记得的场景。雪其实始终是个老邻居，在大雪飞扬的寒冷夜晚，黄保强只能凭借想象，去幻想着远方有一个提灯老者在向他走来。老者是熟稔的，在唠家常中知晓，老者有来自最底层的彻悟，告诉诗人一些他曾经不明白的人生哲学和雪地风景。黄保强把这种联想推向了一个更加高层的诗歌写意。而除此之外的雪夜，我们还能做些什么呢？"给燃烧的涂上黑油脂的生铁炉子/这是北方，大地安静得像冬眠/此刻月正西斜/我和姐姐端坐在祖母跟前/一起看着沸腾的茶壶盖/默默听它倾吐所有，如同一个话痨/旁若无人说出辞世的牧羊者，你善良的老伙计/多年的病痛与吞服的药/老去的脸庞与银发……/火与凡俗的水相遇，冲撞/仿佛临近庙门的脚步声/无止无休"——而或许这个临近庙门的脚步声，就是那个提灯者匆匆的脚步声。

以平凡的琐碎，拼接或者说撑起整个叙述的时空基底，应该说，黄保强没有让我失望的同时，也没有让所有的人失望。他给我们带来了一个更加崭新的诗歌曙光。朦胧加记忆是这些诗歌最主要的写作特征。他以记忆的碎片构成了这次诗歌写作之旅，但他绝对不是极其简单的朦胧式复古写作。他在创建一个更加接近封闭状态的诗歌世界及思考空间，他用属于他个人记忆的情感碎片，去辅助完成一个更加深刻的诗歌构图。他建立了一个似是而非的美学框架，即在不定型的美学中，阐述一些一个诗人应该思考到的东西。我曾经希望用人性、博爱、人文、伦理、宗教等元素去概括黄保强的诗歌，也希望用一些非常清晰的标签去为他的诗歌做定义。但实际问题在于，他本人也不希望评论家用这样的方式去评论他的诗歌。而提灯者的典故则来源于南丁格尔，来源于"提灯会"——那是最温暖的光、久违的村落之光，是黄保强祖祖辈辈刨出的淳朴之光，传递人性之光，辽远、沉郁而富有韧性。

第三，关于黄保强的诗歌，在前期的分析工作当中，我其实做了一个具有量化式的准备工作。首先，由于他的诗歌主题框架始终建立在一些关于生命觉悟的基础方面，而如果按照这么一个层面去做诗歌的相关分析，那么肯定就无法梳理出黄保强诗歌的美学基础在哪里。生命的感悟其实是不能承担和包容美学元素在内的。因为它属于哲学领域，哲学之美永远只能在哲学之内，而不是其他。因此，我的评论是以发现黄保强诗歌的美学基础为主，而并不打算用传统的哲学语言去概括他的诗歌。

黄保强诗歌的美学色彩主要体现在一些关于场景的刻画中，这些场景赋予复意书写的可能性，既在此地，又超越故土，带来多重"误读"的可能性，任何有深沉故乡情结的人读之都将为之触动——"已经习惯春天和秋天的距离/一片落红，恰如其分度过八个节气/这些麦客不会感叹年岁，拼命地收割/麦芒在风中摩挲出金属声/颗粒饱满，掩盖了手上的结疤/一海碗臊子面后/他们扯着嗓子吼一曲《苏武牧羊》/感同身受：节旄如同镰刀，请命的少年/从这里到北海/换板的瞬间，再从北海到田间/一株青麦，如同唯一的幸存者荣归故里"。而如果一定要给黄保强诗歌的美学性质做一个确切的定义，那就是田园美学类型。黄保强为我们带来了一个在诗歌形式上回归田园之美的写作时代。而这种忠实于田园美学追求的诗歌主张，恰恰是我们当代诗人所不敢肯定的追求目标。

总之，对于一个正在探索阶段的"80后"诗人来说，黄保强在诗歌的写作过程中毕竟经历了一个复杂思考及探索的过程。从强烈的时空感出发，到书写的繁复多发，再到着地的厚重情愫，生发出骨子里的悲悯情怀，黄保强的探寻是艰辛的，也是体系化的。他点亮心灯，赋予现实主义更辽远的历程和诗歌美学更丰富的旨意。我个人果断以为，诗集《提灯者》所收录的诗歌，代表了黄保强诗歌创作的一个较高层状态。至于今后，他本人能否再次超越这些诗歌的创作水平，其实是一个悬念。因为，在我个人不断深入的专业理解中，他的诗歌已经达到了一定高度。尤其是在以甘肃为界的诗人写作中，具有特别重要的样本意义。

谢谢各位老师对《提灯者》的关心，并再次特别感谢高晓晖主席、牛维佳老师、刘耀仑老师、邓炎清总、刘丽君老师、张泽雄老师、黄承林老师为黄保强的成长所付出的大量心血。当然，汪其飞作为《提灯者》的统筹策划编辑，也为诗歌的出版贡献了一份重要力量。

2022 年 10 月 12 日

作者简介：苗洪，人民网特邀评论员，诗歌评论家，广播电台社教节目主持人。创作有诗歌、评论数篇，著有长篇小说《玫瑰夜之毁》、大型传记文学《宋德利·东方译魂》等。

诗人的天职是返乡

——读黄保强的故乡诗兼及其他

邓炎清

一、诗人是个怀乡团，诗人的天职是返乡

西北是辽阔的，也是浑厚的，还是贫瘠的。生于西北，长于西北，黄保强的精神烙上了它的胎记，他的文化指纹隐藏了它的信息，他的 DNA 也储存了它的秘密。

从西北出发，黄保强现在走到了湖北，将来有可能走到天涯海角，走到另一个星球譬如月球上。但是他再怎么行走也走不出回望，走不出回想，走不出对故乡西北的回忆。在精神的世界里，他是一定要返乡的，我们也是一定要返乡的。因为，故乡是一种人类心理，是一种诗歌心理。对人类，尤其是对诗人，返乡不是一时冲动，返乡是一辈子的命定。黄永玉说：一个战士不是战死沙场，便是返回故乡。他说的也是这个意思吧。

从这个意义出发，黄保强对西北魂牵梦绕，乃至刻骨铭心，就再正常不过了。其实，又有谁不对故乡魂牵梦绕，乃至刻骨铭心呢？所以，西北就成为黄保强人生行走的背景，也成为他诗歌孕育的产床。他念兹在兹于西北的风物世情，念兹在兹于西北的人物亲情，其诗歌情感也就深厚了，其诗歌语言也就敦厚了，其诗歌风格也就浑厚了。

说到深厚，它之于黄保强是一种浓度，好比喝酒，其诗歌情

感触动你时，有如二锅头、老白干和烧刀子，浓而且热烈，一口下去，就有一种热辣辣感觉，就想流泪！

说到敦厚，它之于黄保强是一种醇度，好比饮水，其诗歌语言感动你时，有如山泉、小溪和季节河流，虽然是掺有些许杂质，但是它质朴、质感，给你以自然和纯然的感觉。试读《答案》：

> 她（指祖母）说……它（指菩萨）不抱怨，喜欢听唠叨/没有人听话时/对着菩萨说，也是一样的。

这是他祖母的一种寄托、一个念想，是他祖母关于爱的坚持与坚守，也是我祖母的坚持与坚守，我想也是大家祖母的坚持与坚守。所以，我们有了共鸣，我们被感动了。

说到浑厚，它之于黄保强是一种力度，好比唱歌，其诗歌风格打动你时，有如信天游和秦腔，在粗粝中抒情，在雄浑中抒怀，诗歌就有了穿透的力量，就在日常与平常中有所完成——我们为之感动于西北的坚韧与厚实了。再读《归还》：

> 生前，我的祖父抖落羊皮袄子上的沙尘/像把他走过的脚印、放牧的羊群、疲惫的影子/统统归还大地。

这是他祖父关于生存的韧性与韧劲，关于生活的平和与平静。在中国大地，到处都有这样的祖父在，也到处都有这样的父亲在，他们就像大地一样宽广与厚实。他们曾经被罗中立绘进了画里，他们如今又被黄保强写进了诗歌里。

海德格尔说：诗人的天职是返乡。席勒说：诗歌会引领漂泊的人，回到幸福纯洁的天真，回到自然的怀抱。读黄保强的故乡诗，我相信了海德格尔，也相信了席勒。

二、这是诗歌的时刻，也是哲学的时刻

诗歌的主要功能当然是抒情。但抒情不全是"信天游"，也不全是"逍遥游"。诗歌照例需要精确和精致，即所谓进于"技"也。

诗歌还需要叙述，还需要思想，还需要止于"技"而进于"道"。在这里，"道"首先是思想。当然，诗歌不是哲学，但是诗歌一定需要哲思，一定要呈现诗思。

黄保强在诗思的展开上无疑是流畅的、轻快的，但也还可以再宽阔宏大一些，绵延悠长一些。读他的诗歌，尤其是那些写故乡的诗歌，感觉起势很好，走势也不错，眼看就可以成为一条奔涌的河流了，可是流着流着，流成了沙漠里的季节河，没有了"势能"，干涸了，断流了。因为，其诗歌有些意象多是印象和场景，有些形象也多是剪影和侧影。诗歌当然需要这些，但诗歌又不满足于这些，它还需要饱和抒情，需要宏大叙事，需要厚重表达，需要深刻揭示。尤其是西北，其苍茫辽阔更需要相当气力、相当气势和相当气度来表现。所以，黄保强写故乡还应该着眼于"大"，着力于"长"。所谓"大"，不单指"块头"，就诗歌而言，它更多是指气象高远、意象深远；所谓"长"，也不单指"个头"，就诗歌而言，它更多是指意绪飞扬、诗思悠长。"大"和"长"是一个优秀诗人向一个伟大诗人进发的阶梯。保强加油！

我们返回故乡，是望乡，是念乡。故乡已经不在"此岸"，故乡以后只能在"彼岸"。因此，我个人建议：在着眼于"大"

和着力于"长"的同时，黄保强和其他心怀故乡的诗人们还应着力于"思"。这个"思"是哲思的思，也是诗思的思。

诗歌有时真的需要历史的容量和反思的力量！

就说这么几句。"但恨多谬误，君当恕醉人。"

作者简介：邓炎清，男，生于 1964 年，湖北监利人，现在一家企业从事宣传工作。好读书，但不求甚解。

八〇后的写作维度与诗歌抱负

——黄保强诗歌印象

陈啊妮

黄保强的诗，皆与他日常生活和思考有关，依托故土独特的地域性（甘肃），便有了宽厚、冷静而硬朗的气质。他惯用密集的意象和隐喻、立体感很强的笔触、虚实结合的叙述来体悟生命的存在，俯身或者仰视都以个人方式承担人类命运和诗歌追求，不断再造精神落脚点，在诗歌空间和时间秩序中交叉真挚的情感，以极具巧妙的构思，采用最接近现实的词语搭建诗歌之美。他内心的情感对现实有一种双重的反抗，力求个人话语层面的独立和维护，但绝不是对抗。他是有高度思想觉悟的诗人，在艺术修为上有着自己的思考和发现，具有自我文本书写的独特密码和诗歌抱负。依托这种感觉，黄保强在自我反省的文字里，就多了一些骨骼和血液，充满灵性和顿悟，也更添了一些潜在的质感和厚度，也无形中拓宽了他的写作精神维度。

诗歌的内在意志美在于向内心退守，看似是用一种疏离的方式对抗现实，在诗歌中的体现就是真实和充满勇气的写作。《我是逃跑的那个》，诗人对现实和时代顾虑重重，如果说"逃跑"是一种有效的回避方式，而实际生活中我们每个人都是无法回避的。这种假设带有一种肯定与无奈，"一生/势必经过无数提心吊胆"，关注日常生存状态和生命状态，"于老去前割刈"以宏观的视角俯视周遭，"我会用苍白的血抗争……更多的，我选择缴械投降"。这种类似于自言自语的决心似的内心告白，人世疾苦，浮生若梦，真实和正视同样有效地存在着。"我愿意成为一味苦口良药"，更是诗人自我灵魂的一种放大，一颗宁静的心灵不过如此。当诗人把所有的意念、动力在诗里暗示，与其说是一种解脱，不如说是诗人对自己的承诺与反省、激励与悟道。结尾处是不断向内心靠拢的，"只要眼前的河山足够美/足够与过往/一刀两断"，这是前置条件，然后毅然决然"我随时背伞备降"，仿佛一场风雨交加中的逃跑"落空"，在灵魂与精神的风暴中弃戈停战，黑暗中开启了裂缝，照进了阳光。一种豁然顿悟的觉醒，这应该是诗人此首诗歌的内动机。

　　大凡热衷诗歌的人，都有宽阔的思维、灵敏的艺术感觉和强有力的语言表现能力，特别是对故土难以割舍的情怀。而黄保强诗歌地理中袒露的灵魂"绿地"，在某种意义上成就了他的诗。

　　读《黄河》你会有这样的感受，那种文字叙述中的画面，打开思绪辽阔的空间和时间，有身临其境的精神震撼。"羊皮筏子""尕妹妹""草方格沙障"这些地域性的书写传递了诸多余味，构思巧妙，冷抒情中令人浮想联翩。"他们"嘴里的"尕妹妹""在冗长的歌词中开始含糊/他们应该在赎罪"，每一颗温厚的心灵都渴望爱情，不过寥寥几句，诗人生动地描述了感人心魄的深情与怀念。这些粗犷的黄河汉子，"曾手刃乳羊，剥皮制衣/从河东到河西……在腾格里脖子上敲敲打打"的男人们，在诗人的笔下，自然、爱情、生命的厚重过渡得浑然而不露痕迹，冷抒情中分明包裹着深厚的情感，诗人既讲述表象，又分明带有意象的丰富性。"豁口上掉落下来/天地之间，这最小的沙才是根"，扑面而来的渺小，生命不能承受之轻，在一粒沙子中探究生命之根系，返回式的自问自答如独行黄河的归人。黄河是母亲河，也是游子心中故土的根、精神的家园，对生命本质上的领悟落到实处，一语双关。这首《黄河》在大的题目范畴内，所有的意象都不断向内心投射聚拢，诗歌硬朗，情感饱满，诗人把控意象，意境深远，也物尽其用，用得很足很巧。

在《二月春风》《祈祷》《深秋月色》等作品中，黄保强的诗有后撤诗歌的向内特质，写的是个人的内心梦幻，描绘的却是时代或者人类共同的美好向往。当然诗歌不是真空存在的，必须栉风沐雨，汲取日常生活的炊烟暮色。而人生或者时代都会有迷茫或彷徨的时间段，这就要求诗人的深刻必须自然地连接内心深处，表现出更加深沉和趋于明亮的倾向，这一点黄保强做到了。《祈祷》是人类，或者具体到对病重的"小姨"的救赎，从写作本质上讲，是诗人以词语对时代的一种承担与精神介入。供奉是一种虔诚的信仰，祈祷签暗喻的"很多事情冥冥之中已经注定"，在我们生命的长河里，聚散无常，荒芜和莫测需要笃定与超越自我的哲思、醒悟，更加需要一种淡泊、远观的心境。"这么多石头，我只喜欢那座像观音的"，幻美的特质在于不屑去触碰现实世界，他干脆为我们描述一尊"在泥水中潜藏，发现/在一座红木座上皈依……影子写满慈悲"的观音假想。这是普世的愿景，对人类疾病的祈祷，在诗人"内心"的花园，诗歌本身显然没有破坏"毫无悔改之意""把象形说成会意"的暗色系，反而衬托出一种幻美的意境。"足以让我病重的小姨渡过难关"，反而成功构成了人类祈祷和谐安康的核心部分：精神与灵魂的救赎，仿佛一切美好的时光，都被诗歌挽留在"阳光普照"的日子。这种向内旋转的诗，不是透过批评、议论宣泄情感，而是以一种含蓄、温和的书写表现对平凡生活的抗诉，抑或说宽容、祈祷。

某种对时间和生命的深度体验，连接了自我和诗歌的秘密通道。在对诗歌的不断深入探索中，八〇后的黄保强始终有一双审视、深邃的眼睛，我常感叹他有高于同龄诗人的深刻和睿智、冷静与缄默、纯粹的诗歌抱负和追求。那是保留在黄保强专属时区的诗歌刻度，也是他在喧哗中趋近真实、淡泊、谦卑而又虔诚的心——一条用诗歌重返过去时光，修复自我的途径。

作者简介：陈啊妮，女，居西安。有诗及诗评在《星星诗刊》《扬子江诗刊》《长江丛刊理论》《人民网》《长江文艺》《散文诗》等报刊发表，著有合集《与亲书》。评论入围第六届《诗探索》中国诗歌发现奖。

在场，从未离开（代后记）

写这篇文字时，已然初秋，丝丝雨线扑在窗玻璃上，将街景、车流、行人都分成了一块一块……十月江城，七天的假期如同经历三季，像一种昭示，我关乎诗歌的思绪也被割裂得断断续续。

冷不丁的，一段话映入脑海："乡村诗歌的方向在于用'双重在场'进行'双重建构'，一是通过'身体在场'，建构起属于诗人自己的语言和修辞……诗人应当通过身在乡村、心为乡民的切身体会，来建构新的言说方式。二是通过'精神在场'，建构对时刻变化的乡村生活的理解和感受，真正用个人化的情感取代对乡村的'意识形态'解构，写内心对乡村直觉意义上的感受，表达个体的、存在意义上的人对乡村生活的趣味和情感。"

总有一些穿透之物，将不具联系的人和事串联起来，雨如是，这段话亦如是。最初写诗歌源自对逃离故乡的回归，十九岁前的琐细都跟这文字关联起来；十九岁后，大多的变动我仿佛都被抛于事外，只剩下了只言片语。在场与否，恰能给我一把剖白三十多岁人生所见所悟的密钥。

一、在场

十九岁之前，我没有离开过那片生养之地，甚至没有踏出过那个小县城。一个固有磁场就这样把我和亲情维系在一起，这是我的方圆。

祖母用烟草盒子给我们几个小孩子剪三国和西游人物肖像的情景仍历历在目，那是没电时的农场，我们最期盼的节目——油灯或蜡烛光里，刘关张的胡子、唐僧的僧帽、悟空悟能的兵器，投影在泥草坯墙上，分外有趣。祖母就在我们的嬉闹中，仍不停下剪刀，黑色的小方桌上一忽儿又有新的画像出来了。如果我有一个文学梦想，我宁愿相信那时候它就开始播撒。

与这农场分野的，是水库和大漠边的沙枣树、红柳树，常年的风沙侵蚀，它们树干弯曲，树皮皲裂，像一个个老者守着最后的家园。每天，我和祖父赶着一百多只羊，迎着朝阳，经过这里，走向腾格里大漠。日头西垂，再返回来。夏天，辽远的沙漠被热浪笼罩，扣在一个容器里的沙丘、铁道，变得那么近。冬天，大雪覆盖熟悉的路，沿着大脚印，准能找到回家的路。六岁前的大漠里，弱肉强食中开始了喜好憎恶——山鹰俯冲而下，在我们的驱逐中仓皇逃离，饶是如此，那宽大的翅膀也拍伤了野兔；公羊会仗着弯曲的犄角顶仗，为此头破血流，角断目伤；还知道了远处还有比我们更苦的生活，野枸杞果儿在干涸中生长，偶尔的雨后它们鲜红欲滴；旱席子在去年枯死的根上重新发芽抽枝……

西北的土地贫瘠，小麦、玉米、土豆是常种作物，且一年一季。那些种子种到谁家地里，哪些不被鸟啄羊吃，能存活到收割，哪些颗粒饱满被留作种子，仿佛早就注定了。农忙时节，都是一家家亲朋邻里互帮农忙，打草把，捆麦子，石磙子打谷脱粒，木锨扬场，颗粒归仓。

一季的作物成熟和一年年的亲人老去同命，和我那次死里逃生的溺水同命。一个个体的命，从未感觉到命是他自己的，唯独收割和将死的一刻不一样。

十九岁前，我就是这个场域的旁白，见识西北一隅土地上的生民，劳作一辈子，繁衍死去。这看似日常的琐碎，都成了我连缀故土的一草一木、一沙一尘。

二、不在场

十九岁那年，在与这片生我养我的大地争斗后，我踏上求学之路。那一刻，在向南的绿皮火车上，我深藏着逃离的喜悦和对未知的期冀。

陌生的环境，变长的距离，都让异乡客无端地怀念起故乡。北方人好面，南方人喜米，这天然差异自然无法弥合。吃了一个月的方便面之后，我选择了妥协。肉身虽然无法割舍儿时的记忆和口味，但照例得入乡随俗，学会适应，这也是成长吧！

一张电话卡，段段电流声，瞬间把我和西北拉近，我也感受到了一系列变化：包地外出务工的人越来越多，信号塔越来越多，盖新房的越来越多。

也通过电话，得知了祖父去世的噩耗。而在前一天，我梦见家里的一堵墙倒了，的确，我心中的柱石就这样坍塌了。踏上北归的火车，每一站或长或短地停留，初冬的夜幕，灯光下降落的都是寒意。我就这样半梦半醒地熬着，一想起祖父半世牧羊，那宽厚的背柴火的背影，那羊皮袄里还有捡到的透明的小石子，记不清多少次无声流泪。下了火车，去村子的车都停了，我选择了徒步，沿着明暗交替的马路，无助感笼罩着我，半夜，终于到家。映入眼帘的是白花花的世界，纸门纸花，黑色挽幛，我像是在那次落雪的大漠寻找我的祖父。由无声的抽泣变成呼喊哀嚎，我知道，我再也不能跟照片上的人打闹，不能为他洗脚了……家人们听到哭声，打开堂屋门把我拉进去，祖父就躺在中堂前的帷幔后面。全身冻僵的我，看到白色烛光和燃烧的火盆，才意识到到家了。

外出求学，紧接着工作，对于故乡，我是个"逆子""流浪儿"，那些变故，我都是一个"旁观者"，后知后觉。我怕半夜接到故乡的电话，但这样的绝望，一次次来临。先是外祖母，接着是小姨，还有外祖父，匆匆赶路，终未得见最后一面。可想而知直面亲人死亡的父母，是如何肝肠寸断。

犹记得马尔克斯说过："父母是隔在我们和死亡之间的帘子。你和死亡好像隔着什么在看，没有什么感受，你的父母挡在你们中间，等到你的父母过世了，你才会直面这些东西，不然你看到的死亡是很抽象的，你不知道。"演员高亚麟对这段话解释得更加心痛："父母是我们和死神之间的一堵墙，父母在，你看不见死神，父母一没，你直面死亡。"

因为这一场场葬礼，我的父母和他们之间的那堵墙开始有了缺口。偶尔回家，我都能感受到他们的老态，更何况更长者？恍惚之间，总有一种物是人非之感，儿时的故土，那些望天的惆怅，都已经剥落掉，不见了。此刻，我俨然一个"异乡人"。

三、从未离开

与那些陨落比，更幸运的是我拿起了手中的笔，一次次回归故土。通过文字，一个个找回丢失的味道和怀念：放牧过的 100 只羊，骑过的花羊，把仅有的饮用水倒给大漠的骆驼草，年节时候的舞龙舞狮、划旱船表演，兰化厂破落的厂房和民居……

书写，如同一种不自觉的使命，先疗救自己，不断解剖个人的生命。诚如 2022 年诺贝尔文学奖得主安妮·埃尔诺所传递的："写作就是挽留岁月中消逝的记忆。"为那些遗忘建一座都城，减少时间的侵吞。就这样，给这一个个愿望搭一座桥，守一条巷道，势必要走过黑暗，势必要点一盏灯，势必要先成为一个默默无闻的"提灯者"，先照亮自己，再兼及其他。

风雨兼程的赶路者是幸运的。通过文字，即使在异乡，即使在场外，也结识了一众师友，足够温暖自己，继续走下去。虽然，他们不是血缘上的亲人，但在诗歌地理和诗歌版图上，他们早已成为诗意亲人。何其有幸！

高晓晖先生洋洋洒洒挥写五千余字序言，对我的写作之路多作激励，深情厚谊，感激莫名。为这本诗集的出版而奔走策划、牵线搭桥的汪其飞先生，是我隔着数千里的同乡同好，见面了更要与他一诉衷肠，一醉方休……苗洪先生、邓炎清先生、刘丽君女士、张泽雄先生、王俊先生、傅祥友先生、许志远先生、黄承林先生、南竹先生、静月清荷女士、陈啊妮女士、余文胜先生等，常以诗词相和相约，前行路上同心相伴，绝无孤单。肖军先生及其子言最钦佩书者保强并仗义资助新书出版，马刚先生为诗集出版奔走、注资，轩皓凡先生作为同好援资，一字一句倾表不完感激。杨新强先生、李利国先生、许强先生为首本诗集《夕阳下这土地》的出版慷慨解囊，你们对你们眼中"文化人"的尊重，给予我更大的书写动力。张隽先生、傅琼女士、李俊逸女士、易以华先生、张飞先生、吴琰女士、王斌先生、王全先生等，为文字站台、埋单，帮助首本诗集《夕阳下这土地》发行销售，为第二本诗集的出版奠定了良好的基础。吴旭先生，校对总离不开你，认真严谨的作风是我学习的榜样……这其中不少师友，有的与我有近十年的友谊，有的仅有一面之缘，有的仅在网络上联系过……感恩尽在不言中，没有你们的倾力支持，我的诗集仍在寻找光明和归程。因为诗歌，我们早就成为亲人。见过面的，尚未谋面的，诗歌就是我们的通行证。基于这本历经万难即将出版的诗集，要感谢的人太多，限于篇幅，恕不一一列出。因为诗歌，我们拥抱得更紧，我的亲人们！

坚持回望，坚持向前，我走过最好的时光，尚未答谢完毕的恩情，全部都流淌在字里行间。将诗集命名为"提灯者"，不仅仅指我是提灯者，你们也都是，有的已经在前哨点亮了灯，有的和我同行，一起提灯向前。故乡和文字，如果是两个场，我还在路上，在文字中追溯故乡，赶赴故乡，在文字中结伴亲朋，一同见证，谈什么离开呢？

　　人生起起伏伏，都在一个"度"字。这本《提灯者》，把我们聚在一起，度人、度己，赶赴下一个光明！

　　鸣谢故乡，感谢文字，感恩亲人们！

保强于江城

图书在版编目（CIP）数据

提灯者 / 黄保强著. -- 武汉：长江文艺出版社，
2024. 2
ISBN 978-7-5702-3340-3

Ⅰ. ①提… Ⅱ. ①黄… Ⅲ. ①诗集－中国－当代
Ⅳ. ①I227

中国国家版本馆 CIP 数据核字 (2023) 第 186852 号

提灯者
TIDENGZHE

策划编辑：汪其飞
责任编辑：王成晨　　　　　　　　　责任校对：毛季慧
封面设计：李　鑫　　　　　　　　　责任印制：邱　莉　　王光兴

出版：长江出版传媒　长江文艺出版社
地址：武汉市雄楚大街 268 号　　　　邮编：430070
发行：长江文艺出版社
http://www.cjlap.com
印刷：武汉市籍缘印刷厂

开本：880 毫米×1230 毫米　　1/32　　印张：7.625
版次：2024 年 2 月第 1 版　　　　2024 年 2 月第 1 次印刷
行数：4556 行

定价：56.00 元